Dom Juan
ou
le Festin de Pierre

Première de couverture: © Franck Beloncle.
Deuxième de couverture: [h, g] © Pierre Grosbois; [h, d] © Pascal Victor/ArtComPress via Leemage; [b] © Pascal Victor/ArtComPress via Leemage.
Troisième de couverture: [h] Cosimo Mirco Magliocca; [b, g] Laurencine Lot; [b, d]. Brigitte Enguerand/Divergence.
Pages 6-7: Corédoc.
Pages 8, 32, 113: © Roger-Viollet.
Page 78: © Costa/Leemage.
Page 100: © BnF.
Page 130: © MP/Leemage.
Page 146: © Costa/Leemage.

Cahier photos:
Page I: [h] © Pascal Victor/ArtComPress via Leemage; [b, g] © Agathe Poupeney/Divergence; [b, d] © © Agathe Poupeney/Divergence.
Page II: [h, g] © Pascal Victor/ArtComPress via Leemage; [h, d] Christophe Raynaud De Lage; [b] © Franck Beloncle.
Page III: [h] © Pascal Victor/ArtComPress via Leemage; [b, g] © Gusman/Leemage; [b, d] © Laurencine Lot.
Page IV: [h] © Franck Beloncle; [b] Fabienne Rappeneau.

170 *bis*, boulevard du Montparnasse, 75680 Paris Cedex 14

ISBN 979-10-358-1788-6
ISSN 2104-9610

CLASSICOLYCÉE

Dom Juan
ou
le Festin de Pierre

MOLIÈRE

Dossier par Justine Francioli
Agrégée de lettres modernes

Mise à jour par Julie Champion
Agrégée de lettres modernes

BELIN ■ GALLIMARD

Sommaire

Arrêt sur l'œuvre

Le tour de l'œuvre en 10 fiches

Groupements de textes

Vers le Bac

Des ouvrages à lire, des mises en scène et des films à voir, des œuvres d'art à découvrir et des sites Internet à consulter

Pour entrer dans l'œuvre

Qu'est-ce qui explique le succès du *Dom Juan* de Molière qui ne cesse d'inspirer dramaturges, poètes, compositeurs, romanciers et philosophes ?

Rien ne laissait présager que la pièce connaîtrait une telle postérité : jouée seulement quinze fois en 1665, elle n'est plus reprise du vivant de Molière et ne sera pas non plus publiée ; c'est pourquoi il existe plusieurs versions du texte. Si certains passages sont censurés dès la deuxième représentation, la pièce en elle-même n'est pas interdite. Les représentations s'arrêtent pour les fêtes de Pâques et ne reprennent pas : *Dom Juan* remet en question toutes les valeurs de son temps, dérangeant ainsi les défenseurs de la morale et de la religion, mais également les gens de bien.

Ce n'est donc pas dans l'intrigue de la pièce qu'il convient de chercher les raisons de son succès, mais dans le personnage de Dom Juan.

Personnage ambigu, ambivalent et séducteur qui tantôt effraie, tantôt fascine, Dom Juan reste indéfinissable, sans âge, presque

THÉÂTRE BAROQUE (1580-1660)

1622 Naissance de Jean-Baptiste Poquelin

1635 Fondation de l'Académie française

1636 Corneille, *L'Illusion comique*

1637 Corneille, *Le Cid*

1643 Mort de Louis XIII - Début du règne de Louis XIV

La Fronde (1648-1653)

polymorphe. Il change au gré des rencontres et en fonction des interprétations, il est un libertin épris de jouissance pour certains quand d'autres le voient comme un dangereux athée. C'est aussi son discours, reflétant les préoccupations et les désirs de ses interlocuteurs, qui le rend attirant et insaisissable comme le résume Sganarelle, sous le charme, lui aussi, de son maître: «vous tournez les choses d'une manière, qu'il semble que vous avez raison; et cependant il est vrai que vous ne l'avez pas» (I, 2). Mais ce sont les actes qui font définitivement de Dom Juan un personnage mythique dans lequel chaque époque, chaque public se reconnaît, grâce auquel il s'interroge sur lui-même et sur l'homme. Dom Juan est celui qui ne capitule pas, qui ne laisse pas les multiples avertissements qui lui sont lancés l'entraver, et qui décide d'affronter le Ciel dont il nie l'existence. Il est celui qui «veu[t] voir ce que c'est», qui sacrifie sa vie à sa liberté de pensée. En cela, il reste pour toujours et à chaque époque notre contemporain. C'est ce que nous rappelle Charles Baudelaire dans son poème «Don Juan aux enfers» lorsqu'il le représente en «calme héros» qui «Regardait le sillage et ne daignait rien voir». C'est cela qui force l'admiration de chaque génération.

THÉÂTRE CLASSIQUE (1660-1685)

1661 Début du règne personnel de Louis XIV
1664 Molière, *Le Tartuffe*
1665 Molière, *Dom Juan*
La Fontaine, *Fables* **1668** (Livres I à VI)
1673 Mort de Molière
1674 Boileau, *L'Art poétique*
1677 Racine, *Phèdre*
1678 Mme de Lafayette, *La Princesse de Clèves*
1687-1694 Querelle des Anciens et des Modernes
Mort **1715** de Louis XIV

Illustration pour *Dom Juan*,
d'après Pierre Brissart, gravure, XVIIe siècle.

Personnages

Dom[1] Juan, *fils de Dom Louis.*

Sganarelle, *valet de Dom Juan.*

Elvire, *femme de Dom Juan.*

Gusman, *écuyer[2] d'Elvire.*

Dom Carlos, } *frères d'Elvire.*
Dom Alonse, }

Dom Louis, *père de Dom Juan.*

Francisque[3], *pauvre.*

Charlotte, } *paysannes.*
Mathurine, }

Pierrot, *paysan.*

La Statue du Commandeur[4].

La Violette, } *laquais de Dom Juan.*
Ragotin, }

M. Dimanche, *marchand.*

La Ramée, *spadassin[5].*

Suite[6] de Dom Juan.

Suite de Dom Carlos et de Dom Alonse, *frères.*

Un Spectre[7].

La scène est en Sicile.

---

1. **Dom**: titre de noblesse espagnol ajouté avant le prénom. Le nom Dom Juan est orthographié ainsi lorsqu'il désigne le personnage de Molière et Don Juan lorsqu'il s'agit d'une autre œuvre.
2. **Écuyer**: personne au service d'un noble.
3. **Francisque**: prénom qui rappelle celui de saint François d'Assise (XIIIe s.), moine fondateur de l'ordre religieux des Franciscains, qui prône la pauvreté absolue.
4. **Commandeur**: chevalier appartenant à une communauté religieuse et militaire.
5. **Spadassin**: homme d'épée dont on louait les services.
6. **Suite**: ensemble des domestiques et des proches.
7. **Spectre**: apparition d'un mort, fantôme.

NOTE SUR L'ÉDITION

Il existe plusieurs versions du texte de *Dom Juan*, qui n'a jamais été publié du vivant de Molière (voir p. 144).
Le texte que nous reproduisons ici est celui établi par Georges Couton dans l'édition de la Bibliothèque de la Pléiade parue chez Gallimard en 1971. Il reprend pour texte de base l'édition non-cartonnée de 1682, auquel il ajoute des passages de l'édition hollandaise de 1683.
Nous signalons par des crochets et par des notes de bas de page certaines variantes du texte.
Pour les scènes 1 et 2 de l'acte II, l'orthographe a été modernisée.

ACTE I[1]

Scène 1

SGANARELLE, GUSMAN

SGANARELLE, *tenant une tabatière.* – Quoi que puisse dire Aristote[2] et toute la Philosophie, il n'est rien d'égal au tabac : c'est la passion des honnêtes gens, et qui vit sans tabac n'est pas digne de vivre. Non seulement il réjouit et purge[3] les cerveaux humains, mais encore il instruit les âmes à la vertu[4], et l'on apprend avec lui à devenir honnête homme[5]. Ne voyez-vous pas bien, dès qu'on en prend, de quelle manière obligeante on en use[6] avec tout le monde, et comme on est ravi d'en donner à droit et à gauche, partout où l'on se trouve ? On n'attend pas même qu'on en demande, et l'on court au-devant du souhait des gens : tant il est vrai que le tabac inspire

1. Les décors ne sont pas indiqués dans les éditions posthumes de la pièce, mais on connaît ceux qui étaient prévus pour la première représentation de 1665 grâce à un contrat passé par Molière et sa troupe avec deux peintres. Le décor de l'acte I y est décrit de la façon suivante : « Un palais au travers duquel on voit un jardin ».
2. **Aristote** (IVe siècle av. J.-C.) : philosophe grec dont la morale est fondée sur la modération. Il est très peu probable qu'il ait pu parler du tabac qui n'a été importé en Europe qu'à la fin du XVIe siècle. Au XVIIe siècle, le pape et le parti des dévots (voir fiche 2, p. 131) condamnaient l'usage du tabac.
3. **Purge** : dégage, purifie. Sganarelle évoque ici le tabac à priser, râpé très fin, qu'on aspire par les narines.
4. **Il instruit les âmes à la vertu** : il incite les hommes à faire le bien.
5. **Honnête homme** : homme cultivé, sociable, modeste et modéré. Il s'agit d'un modèle de comportement idéal au XVIIe siècle.
6. **De quelle manière obligeante on en use** : avec quelle amabilité on se comporte.

des sentiments d'honneur et de vertu à tous ceux qui en prennent. Mais c'est assez de cette matière. Reprenons un peu notre discours. Si bien donc, cher Gusman, que Done[1] Elvire, ta maîtresse, surprise de notre départ, s'est mise en campagne après nous[2], et son cœur, que mon maître a su toucher trop fortement, n'a pu vivre, dis-tu, sans le venir chercher ici. Veux-tu qu'entre nous je te dise ma pensée ? J'ai peur qu'elle ne soit mal payée de son amour, que son voyage en cette ville produise peu de fruit, et que vous eussiez autant gagné à ne bouger de là.

GUSMAN. – Et la raison encore ? Dis-moi, je te prie, Sganarelle, qui[3] peut t'inspirer une peur d'un si mauvais augure[4] ? Ton maître t'a-t-il ouvert son cœur là-dessus, et t'a-t-il dit qu'il eût pour nous quelque froideur qui l'ait obligé à partir ?

SGANARELLE. – Non pas ; mais, à vue de pays[5], je connais à peu près le train des choses[6] ; et sans qu'il m'ait encore rien dit, je gagerais[7] presque que l'affaire va là. Je pourrais peut-être me tromper ; mais enfin, sur de tels sujets, l'expérience m'a pu donner quelques lumières.

GUSMAN. – Quoi ? ce départ si peu prévu serait une infidélité de Dom Juan ? Il pourrait faire cette injure aux chastes feux[8] de Done Elvire ?

SGANARELLE. – Non, c'est qu'il est jeune encore, et qu'il n'a pas le courage...

GUSMAN. – Un homme de sa qualité[9] ferait une action si lâche ?

---

1. **Done** : francisation du titre de noblesse féminin « doña » en espagnol.
2. **S'est mise en campagne après nous** : est partie à notre poursuite.
3. **Qui** : ce qui.
4. **Augure** : présage, pressentiment.
5. **À vue de pays** : *a priori*, à première vue.
6. **Train des choses** : enchaînement des événements.
7. **Je gagerais** : je parierais.
8. **Chastes feux** : pur amour.
9. **De sa qualité** : d'un rang aussi élevé, d'une si haute naissance (Dom Juan est noble).

SGANARELLE. – Eh oui, sa qualité ! La raison en est belle, et c'est par là qu'il s'empêcherait des choses.

GUSMAN. – Mais les saints nœuds du mariage le tiennent engagé.

SGANARELLE. – Eh ! mon pauvre Gusman, mon ami, tu ne sais pas encore, crois-moi, quel homme est Dom Juan.

GUSMAN. – Je ne sais pas, de vrai, quel homme il peut être, s'il faut qu'il nous ait fait cette perfidie[1] ; et je ne comprends point comme après tant d'amour et tant d'impatience témoignée, tant d'hommages pressants, de vœux, de soupirs et de larmes, tant de lettres passionnées, de protestations ardentes[2] et de serments réitérés[3], tant de transports[4] enfin et tant d'emportements qu'il a fait paraître, jusques à forcer, dans sa passion, l'obstacle sacré d'un couvent, pour mettre Done Elvire en sa puissance[5], je ne comprends pas, dis-je, comme, après tout cela, il aurait le cœur de pouvoir manquer à sa parole.

SGANARELLE. – Je n'ai pas grande peine à le comprendre, moi ; et si tu connaissais le pèlerin[6], tu trouverais la chose assez facile pour lui. Je ne dis pas qu'il ait changé de sentiments pour Done Elvire, je n'en ai point de certitude encore : tu sais que, par son ordre, je partis avant lui, et depuis son arrivée il ne m'a point entretenu[7] ; mais, par précaution, je t'apprends, *inter nos*[8], que tu vois en Dom Juan, mon maître, le plus grand scélérat[9] que la terre ait jamais porté, un enragé, un chien, un Diable, un Turc[10], un Hérétique[11], qui ne croit ni Ciel, ni saint, ni Dieu, ni loup-garou, qui passe cette vie en véritable

---

1. **Perfidie** : tromperie.
2. **Protestations ardentes** : déclarations passionnées, fougueuses.
3. **Réitérés** : répétés.
4. **Transports** : manifestations vives d'un sentiment.
5. **En sa puissance** : sous son emprise, en son pouvoir.
6. **Le pèlerin** : cet homme rusé, adroit (figuré).
7. **Entretenu** : parlé.
8. ***Inter nos*** : en latin, « entre nous ».
9. **Scélérat** : criminel.
10. **Turc** : ici, musulman (par opposition aux catholiques).
11. **Hérétique** : personne qui soutient une opinion condamnée par l'Église catholique.

bête brute, en pourceau d'Épicure[1], en vrai Sardanapale[2], qui ferme l'oreille à toutes les remontrances[3] chrétiennes qu'on lui peut faire, et traite de billevesées[4] tout ce que nous croyons. Tu me dis qu'il a épousé ta maîtresse : crois qu'il aurait plus fait pour contenter sa passion, et qu'avec elle il aurait encore épousé toi, son chien et son chat. Un mariage ne lui coûte rien à contracter ; il ne se sert point d'autres pièges pour attraper les belles, et c'est un épouseur à toutes mains[5]. Dame, damoiselle[6], bourgeoise, paysanne, il ne trouve rien de trop chaud ni de trop froid pour lui ; et si je te disais le nom de toutes celles qu'il a épousées en divers lieux, ce serait un chapitre à durer jusques au soir. Tu demeures surpris et changes de couleur à ce discours ; ce n'est là qu'une ébauche du personnage, et pour en achever le portrait, il faudrait bien d'autres coups de pinceau. Suffit qu'il faut que le courroux[7] du Ciel l'accable quelque jour ; qu'il me vaudrait bien mieux d'être au diable que d'être à lui, et qu'il me fait voir tant d'horreurs, que je souhaiterais qu'il fût déjà je ne sais où[8]. Mais un grand seigneur méchant homme est une terrible chose ; il faut que je lui sois fidèle, en dépit que j'en aie[9] : la crainte en moi fait l'office du zèle[10], bride[11] mes sentiments, et me réduit d'applaudir bien souvent à ce que mon âme déteste. Le voilà qui vient se promener dans ce palais : séparons-nous ; écoute, au moins

1. **Pourceau** : cochon ; **Épicure** (IVe-IIIe s. av. J.-C.) : philosophe grec dont la morale, fondée sur la recherche du plaisir, était interprétée au XVIIe siècle comme une incitation à la débauche. L'expression « pourceau d'Épicure » est issue d'un texte d'Horace (poète latin du Ier s. av. J.-C.).
2. **Sardanapale** (VIIe s. av. J.-C.) : roi d'Assyrie réputé pour avoir mené une vie dominée par la recherche des plaisirs.
3. **Remontrances** : réprimandes, blâmes.
4. **Billevesées** : idioties, bêtises.
5. **Épouseur à toutes mains** : homme prêt à tous les mariages.
6. **Dame, damoiselle** : femme ou jeune fille noble.
7. **Courroux** : vive colère.
8. **Je ne sais où** : en Enfer. Sganarelle n'ose pas prononcer ce mot.
9. **En dépit que j'en aie** : malgré tout.
10. **Fait l'office du zèle** : remplace l'application à bien servir.
11. **Bride** : retient.

je te fais cette confidence avec franchise, et cela m'est sorti un peu bien vite de la bouche ; mais s'il fallait qu'il en vînt quelque chose à ses oreilles, je dirais hautement que tu aurais menti.

Scène 2

DOM JUAN, SGANARELLE

DOM JUAN. – Quel homme te parlait là ? Il a bien de l'air, ce me semble, du bon Gusman de Done Elvire.

SGANARELLE. – C'est quelque chose aussi à peu près de cela.

DOM JUAN. – Quoi ? c'est lui ?

SGANARELLE. – Lui-même.

DOM JUAN. – Et depuis quand est-il en cette ville ?

SGANARELLE. – D'hier au soir.

DOM JUAN. – Et quel sujet l'amène ?

SGANARELLE. – Je crois que vous jugez[1] assez ce qui le peut inquiéter.

DOM JUAN. – Notre départ sans doute ?

SGANARELLE. – Le bon homme en est tout mortifié[2], et m'en demandait le sujet.

DOM JUAN. – Et quelle réponse as-tu faite ?

SGANARELLE. – Que vous ne m'en aviez rien dit.

---

1. **Vous jugez** : vous devinez.
2. **Mortifié** : blessé, vexé.

Dom Juan. – Mais encore, quelle est ta pensée là-dessus ? Que t'imagines-tu de cette affaire ?

Sganarelle. – Moi, je crois, sans vous faire tort, que vous avez quelque nouvel amour en tête.

Dom Juan. – Tu le crois ?

Sganarelle. – Oui.

Dom Juan. – Ma foi ! tu ne te trompes pas, et je dois t'avouer qu'un autre objet[1] a chassé Elvire de ma pensée.

Sganarelle. – Eh ! mon Dieu ! je sais mon Dom Juan sur le bout du doigt, et connais votre cœur pour le plus grand coureur du monde : il se plaît à se promener de liens en liens[2], et n'aime guère à demeurer en place.

Dom Juan. – Et ne trouves-tu pas, dis-moi, que j'ai raison d'en user de la sorte ?

Sganarelle. – Eh ! Monsieur.

Dom Juan. – Quoi ? Parle.

Sganarelle. – Assurément que vous avez raison, si vous le voulez ; on ne peut pas aller là contre. Mais si vous ne le vouliez pas, ce serait peut-être une autre affaire.

Dom Juan. – Eh bien ! je te donne la liberté de parler et de me dire tes sentiments.

Sganarelle. – En ce cas, Monsieur, je vous dirai franchement que je n'approuve point votre méthode, et que je trouve fort vilain d'aimer de tous côtés comme vous faites.

---

1. Objet : objet de préoccupation, c'est-à-dire une femme aimée (mot emprunté au vocabulaire précieux et qui n'a pas de nuance péjorative).
2. De liens en liens : de relation en relation.

DOM JUAN. – Quoi ? tu veux qu'on se lie à demeurer au premier objet qui nous prend, qu'on renonce au monde pour lui, et qu'on n'ait plus d'yeux pour personne ? La belle chose de vouloir se piquer[1] d'un faux honneur d'être fidèle, de s'ensevelir pour toujours dans une passion, et d'être mort dès sa jeunesse à toutes les autres beautés qui nous peuvent frapper les yeux ! Non, non : la constance[2] n'est bonne que pour des ridicules[3] ; toutes les belles ont droit de nous charmer[4], et l'avantage d'être rencontrée la première ne doit point dérober aux autres les justes prétentions qu'elles ont toutes sur nos cœurs. Pour moi, la beauté me ravit partout où je la trouve, et je cède facilement à cette douce violence dont elle nous entraîne. J'ai beau être engagé, l'amour que j'ai pour une belle n'engage point mon âme à faire injustice aux autres ; je conserve des yeux pour voir le mérite de toutes, et rends à chacune les hommages et les tributs[5] où la nature nous oblige. Quoi qu'il en soit, je ne puis refuser mon cœur à tout ce que je vois d'aimable ; et dès qu'un beau visage me le demande, si j'en avais dix mille, je les donnerais tous. Les inclinations[6] naissantes, après tout, ont des charmes inexplicables, et tout le plaisir de l'amour est dans le changement. On goûte une douceur extrême à réduire[7], par cent hommages, le cœur d'une jeune beauté, à voir de jour en jour les petits progrès qu'on y fait, à combattre par des transports, par des larmes et des soupirs, l'innocente pudeur[8] d'une âme qui a peine à rendre les armes, à forcer pied à pied toutes les petites résistances qu'elle nous oppose, à vaincre les scrupules[9] dont elle se fait un honneur et la mener doucement où nous avons envie de la faire venir. Mais

1. **Se piquer** : se vanter, se glorifier.
2. **Constance** : fidélité.
3. **Des ridicules** : des personnes ridicules.
4. **Charmer** : ensorceler.
5. **Tributs** : ici, témoignages de soumission amoureuse (dans le vocabulaire militaire, le mot désigne les biens qu'un État vaincu devait payer au vainqueur).
6. **Inclinations** : penchants amoureux.
7. **Réduire** : soumettre, vaincre.
8. **Pudeur** : retenue, timidité, chasteté.
9. **Scrupules** : troubles de la conscience, réticences.

lorsqu'on en est maître une fois, il n'y a plus rien à dire ni rien à souhaiter ; tout le beau de la passion est fini, et nous nous endormons dans la tranquillité d'un tel amour, si quelque objet nouveau ne vient réveiller nos désirs, et présenter à notre cœur les charmes attrayants d'une conquête à faire. Enfin, il n'est rien de si doux que de triompher de la résistance d'une belle personne, et j'ai sur ce sujet l'ambition des conquérants, qui volent perpétuellement de victoire en victoire, et ne peuvent se résoudre à borner[1] leurs souhaits. Il n'est rien qui puisse arrêter l'impétuosité[2] de mes désirs : je me sens un cœur à aimer toute la terre ; et comme Alexandre[3], je souhaiterais qu'il y eût d'autres mondes, pour y pouvoir étendre mes conquêtes amoureuses.

SGANARELLE. – Vertu de ma vie, comme vous débitez[4] ! Il semble que vous avez appris cela par cœur, et vous parlez tout comme un livre.

DOM JUAN. – Qu'as-tu à dire là-dessus ?

SGANARELLE. – Ma foi, j'ai à dire..., je ne sais ; car vous tournez les choses d'une manière, qu'il semble que vous avez raison ; et cependant il est vrai que vous ne l'avez pas. J'avais les plus belles pensées du monde, et vos discours m'ont brouillé tout cela. Laissez faire : une autre fois je mettrai mes raisonnements par écrit, pour disputer[5] avec vous.

DOM JUAN. – Tu feras bien.

SGANARELLE. – Mais, Monsieur, cela serait-il de la permission que vous m'avez donnée, si je vous disais que je suis tant soit peu scandalisé de la vie que vous menez ?

DOM JUAN. – Comment ? quelle vie est-ce que je mène ?

---

1. **Borner** : limiter.
2. **Impétuosité** : emportement, fougue.
3. **Alexandre le Grand** (356-323 av. J.-C.) : roi de Macédoine qui a bâti un vaste empire en conquérant le monde grec, l'Égypte et l'Asie jusqu'à l'Inde.
4. **Comme vous débitez** : comme vous discourez, comme vous déclamez.
5. **Disputer** : débattre.

Sganarelle. – Fort bonne. Mais, par exemple, de vous voir tous les mois vous marier comme vous faites…

Dom Juan. – Y a-t-il rien de plus agréable ?

Sganarelle. – Il est vrai, je conçois[1] que cela est fort agréable et fort divertissant, et je m'en accommoderais assez, moi, s'il n'y avait point de mal, mais, Monsieur, se jouer[2] ainsi d'un mystère sacré[3], et…

Dom Juan. – Va, va, c'est une affaire entre le Ciel et moi, et nous la démêlerons bien ensemble, sans que tu t'en mettes en peine.

Sganarelle. – Ma foi ! Monsieur, j'ai toujours ouï[4] dire que c'est une méchante raillerie[5] que de se railler du Ciel, et que les libertins[6] ne font jamais une bonne fin.

Dom Juan. – Holà ! maître sot, vous savez que je vous ai dit que je n'aime pas les faiseurs de remontrances.

Sganarelle. – Je ne parle pas aussi à vous, Dieu m'en garde. Vous savez ce que vous faites, vous ; et si vous ne croyez rien, vous avez vos raisons ; mais il y a de certains petits impertinents dans le monde, qui sont libertins sans savoir pourquoi, qui font les esprits forts[7], parce qu'ils croient que cela leur sied bien[8] ; et si j'avais un maître comme cela, je lui dirais fort nettement, le regardant en face : « Osez-vous bien ainsi vous jouer au Ciel, et ne tremblez-vous point de vous moquer comme vous faites des choses les plus saintes ? C'est bien

---

1. **Je conçois** : Je comprends.
2. **Se jouer** : se moquer.
3. **Mystère sacré** : au XVIIe siècle, le mariage est un acte religieux qui engage les époux devant Dieu.
4. **Ouï** : entendu.
5. **Méchante raillerie** : moquerie immorale, blasphème.
6. **Libertins** : ici, personnes qui contestent les croyances religieuses (voir « Rappelez-vous ! », p. 28).
7. **Qui font les esprits forts** : qui se croient au-dessus des règles religieuses (péjoratif).
8. **Cela leur sied bien** : cela leur va bien.

à vous, petit ver de terre, petit mirmidon[1] que vous êtes (je parle au maître que j'ai dit), c'est bien à vous à vouloir vous mêler de tourner en raillerie ce que tous les hommes révèrent[2] ? Pensez-vous que pour être[3] de qualité, pour avoir une perruque blonde et bien frisée, des plumes à votre chapeau, un habit bien doré, et des rubans couleur de feu (ce n'est pas à vous que je parle, c'est à l'autre), pensez-vous, dis-je, que vous en soyez plus habile homme, que tout vous soit permis, et qu'on n'ose vous dire vos vérités ? Apprenez de moi, qui suis votre valet, que le Ciel punit tôt ou tard les impies[4], qu'une méchante vie amène une méchante mort, et que… »

DOM JUAN. – Paix !

SGANARELLE. – De quoi est-il question ?

DOM JUAN. – Il est question de te dire qu'une beauté me tient au cœur, et qu'entraîné par ses appas[5], je l'ai suivie jusques en cette ville.

SGANARELLE. – Et n'y craignez-vous rien, Monsieur, de la mort de ce commandeur que vous tuâtes il y a six mois ?

DOM JUAN. – Et pourquoi craindre ? Ne l'ai-je pas bien tué[6] ?

SGANARELLE. – Fort bien, le mieux du monde, et il aurait tort de se plaindre.

DOM JUAN. – J'ai eu ma grâce[7] de cette affaire.

SGANARELLE. – Oui, mais cette grâce n'éteint pas peut-être le ressentiment[8] des parents et des amis, et…

---

1. **Mirmidon** : homme petit et insignifiant, voire prétentieux (le mot est tiré du nom d'un peuple mythologique, issu de la métamorphose de fourmis en hommes).
2. **Révèrent** : respectent.
3. **Pour être** : parce que vous êtes.
4. **Impies** : personnes qui méprisent la religion.
5. **Appas** : charmes, attraits physiques.
6. **Bien tué** : l'expression signifie à la fois « tué conformément aux règles du duel » et « bel et bien tué ».
7. **J'ai eu ma grâce** : j'ai été amnistié, ma condamnation a été levée.
8. **Ressentiment** : rancune, désir de vengeance.

DOM JUAN. – Ah ! n'allons point songer au mal qui nous peut arriver, et songeons seulement à ce qui nous peut donner du plaisir. La personne dont je te parle est une jeune fiancée, la plus agréable du monde, qui a été conduite ici par celui même qu'elle y vient épouser ; et le hasard me fit voir ce couple d'amants[1] trois ou quatre jours avant leur voyage. Jamais je n'ai vu deux personnes être si contents l'un de l'autre, et faire éclater plus d'amour. La tendresse visible de leurs mutuelles ardeurs[2] me donna de l'émotion ; j'en fus frappé au cœur et mon amour commença par la jalousie. Oui, je ne pus souffrir[3] d'abord de les voir si bien ensemble ; le dépit alarma[4] mes désirs, et je me figurai un plaisir extrême à pouvoir troubler leur intelligence[5], et rompre cet attachement, dont la délicatesse de mon cœur se tenait offensée[6] ; mais jusques ici tous mes efforts ont été inutiles, et j'ai recours au dernier remède. Cet époux prétendu[7] doit aujourd'hui régaler sa maîtresse d'une promenade sur mer. Sans t'en avoir rien dit, toutes choses sont préparées pour satisfaire mon amour, et j'ai une petite barque et des gens, avec quoi fort facilement je prétends enlever la belle.

SGANARELLE. – Ha ! Monsieur…

DOM JUAN. – Hen ?

SGANARELLE. – C'est fort bien à vous, et vous le prenez comme il faut. Il n'est rien tel en ce monde que de se contenter[8].

DOM JUAN. – Prépare-toi donc à venir avec moi, et prends soin toi-même d'apporter toutes mes armes, afin que… Ah ! rencontre fâcheuse[9]. Traître, tu ne m'avais pas dit qu'elle était ici elle-même.

---

1. **Amants** : amoureux (sens du XVIIe siècle).
2. **Ardeurs** : passions, désirs.
3. **Souffrir** : supporter.
4. **Dépit** : chagrin mêlé de colère, rancœur ; **alarma** : excita.
5. **Intelligence** : bonne entente, complicité.
6. **Offensée** : blessée, insultée.
7. **Époux prétendu** : futur époux.
8. **Se contenter** : se faire plaisir.
9. **Fâcheuse** : déplaisante, désagréable.

Sganarelle. – Monsieur, vous ne me l'avez pas demandé.

Dom Juan. – Est-elle folle, de n'avoir pas changé d'habit, et de venir en ce lieu-ci avec son équipage de campagne[1] ?

Scène 3

Done Elvire, Dom Juan, Sganarelle

Done Elvire. – Me ferez-vous la grâce[2], Dom Juan, de vouloir bien me reconnaître ? et puis-je au moins espérer que vous daigniez[3] tourner le visage de ce côté ?

Dom Juan. – Madame, je vous avoue que je suis surpris, et que je ne vous attendais pas ici.

Done Elvire. – Oui, je vois bien que vous ne m'y attendiez pas ; et vous êtes surpris, à la vérité, mais tout autrement que je ne l'espérais ; et la manière dont vous le paraissez me persuade pleinement ce que je refusais de croire. J'admire ma simplicité[4] et la faiblesse de mon cœur à douter d'une trahison que tant d'apparences me confirmaient. J'ai été assez bonne, je le confesse[5], ou plutôt assez sotte pour me vouloir tromper moi-même, et travailler à démentir mes yeux et mon jugement[6]. J'ai cherché des raisons pour excuser à ma tendresse[7] le relâchement d'amitié qu'elle voyait en vous ; et je

1. **Équipage de campagne** : tenue de voyage, de cavalière, peu élégante.
2. **Grâce** : faveur, amabilité.
3. **Que vous daigniez** : que vous vouliez bien.
4. **J'admire ma simplicité** : je m'étonne de ma naïveté.
5. **Je le confesse** : ici, je le reconnais.
6. **Démentir mes yeux et mon jugement** : contredire ce que me disaient mes yeux et mon intelligence.
7. **Pour excuser à ma tendresse** : pour que mon amour excuse.

me suis forgé exprès cent sujets légitimes[1] d'un départ si précipité, pour vous justifier du crime dont ma raison vous accusait. Mes justes soupçons chaque jour avaient beau me parler : j'en rejetais la voix qui vous rendait criminel à mes yeux, et j'écoutais avec plaisir mille chimères[2] ridicules qui vous peignaient innocent à mon cœur. Mais enfin cet abord[3] ne me permet plus de douter, et le coup d'œil qui m'a reçue m'apprend bien plus de choses que je ne voudrais en savoir. Je serai bien aise[4] pourtant d'ouïr de votre bouche les raisons de votre départ. Parlez, Dom Juan, je vous prie, et voyons de quel air vous saurez vous justifier !

DOM JUAN. – Madame, voilà Sganarelle qui sait pourquoi je suis parti.

SGANARELLE. – Moi, Monsieur ? Je n'en sais rien, s'il vous plaît.

DONE ELVIRE. – Hé bien ! Sganarelle, parlez. Il n'importe de quelle bouche j'entende ces raisons.

DOM JUAN, *faisant signe d'approcher à Sganarelle.* – Allons, parle donc à Madame.

SGANARELLE. – Que voulez-vous que je dise ?

DONE ELVIRE. – Approchez, puisqu'on le veut ainsi, et me dites un peu les causes d'un départ si prompt[5].

DOM JUAN. – Tu ne répondras pas ?

SGANARELLE. – Je n'ai rien à répondre. Vous vous moquez de votre serviteur.

DOM JUAN. – Veux-tu répondre, te dis-je ?

SGANARELLE. – Madame...

---

1. **Je me suis forgé exprès cent sujets légitimes** : je me suis inventé de multiples excuses valables.
2. **Chimères** : illusions, inventions.
3. **Abord** : façon d'accueillir.
4. **Bien aise** : satisfaite.
5. **Prompt** : rapide.

Done Elvire. – Quoi ?

Sganarelle, *se retournant vers son maître.* – Monsieur…

Dom Juan. – Si…

Sganarelle. – Madame, les conquérants, Alexandre et les autres mondes sont causes de notre départ. Voilà, Monsieur, tout ce que je puis dire.

Done Elvire. – Vous plaît-il, Dom Juan, nous éclaircir ces beaux mystères ?

Dom Juan. – Madame, à vous dire la vérité…

Done Elvire. – Ah ! que vous savez mal vous défendre pour un homme de cour, et qui doit être accoutumé[1] à ces sortes de choses ! J'ai pitié de vous voir la confusion que vous avez[2]. Que ne vous armez-vous le front d'une noble effronterie[3] ? Que ne me jurez-vous que vous êtes toujours dans les mêmes sentiments pour moi, que vous m'aimez toujours avec une ardeur sans égale, et que rien n'est capable de vous détacher de moi que la mort ? Que ne me dites-vous que des affaires de la dernière conséquence[4] vous ont obligé à partir sans m'en donner avis ; qu'il faut que, malgré vous, vous demeuriez ici quelque temps, et que je n'ai qu'à m'en retourner d'où je viens, assurée que vous suivrez mes pas le plus tôt qu'il vous sera possible ; qu'il est certain que vous brûlez[5] de me rejoindre, et qu'éloigné de moi, vous souffrez ce que souffre un corps qui est séparé de son âme ? Voilà comme il faut vous défendre, et non pas être interdit[6] comme vous êtes.

---

1. **Accoutumé** : habitué.
2. **De vous voir la confusion que vous avez** : de voir l'embarras où vous êtes.
3. **Que ne vous armez-vous le front d'une noble effronterie** : pourquoi ne prenez-vous pas un air assuré et noble.
4. **De la dernière conséquence** : de la plus haute importance.
5. **Vous brûlez** : vous n'attendez que, vous êtes impatient.
6. **Interdit** : déconcerté, surpris.

Dom Juan. – Je vous avoue, Madame, que je n'ai point le talent de dissimuler[1], et que je porte un cœur sincère. Je ne vous dirai point que je suis toujours dans les mêmes sentiments pour vous, et que je brûle de vous rejoindre, puisque enfin il est assuré que je ne suis parti que pour vous fuir ; non point par les raisons que vous pouvez vous figurer, mais par un pur motif de conscience, et pour ne croire pas[2] qu'avec vous davantage je puisse vivre sans péché[3]. Il m'est venu des scrupules, Madame, et j'ai ouvert les yeux de l'âme sur ce que je faisais. J'ai fait réflexion que, pour vous épouser, je vous ai dérobée à la clôture d'un couvent, que vous avez rompu des vœux[4] qui vous engageaient autre part, et que le Ciel est fort jaloux[5] de ces sortes de choses. Le repentir[6] m'a pris, et j'ai craint le courroux céleste ; j'ai cru que notre mariage n'était qu'un adultère déguisé, qu'il nous attirerait quelque disgrâce[7] d'en haut, et qu'enfin je devais tâcher de vous oublier, et vous donner moyen de retourner à vos premières chaînes. Voudriez-vous, Madame, vous opposer à une si sainte pensée, et que j'allasse, en vous retenant, me mettre le Ciel sur les bras, que par… ?

Done Elvire. – Ah ! scélérat, c'est maintenant que je te connais tout entier ; et pour mon malheur, je te connais lorsqu'il n'en est plus temps, et qu'une telle connaissance ne peut plus me servir qu'à me désespérer. Mais sache que ton crime ne demeurera pas impuni, et que le même Ciel dont tu te joues me saura venger de ta perfidie.

Dom Juan. – Sganarelle, le Ciel !

Sganarelle. – Vraiment oui, nous nous moquons bien de cela, nous autres.

---

1. **Dissimuler** : mentir, feindre.
2. **Pour ne croire pas** : parce que je ne crois pas.
3. **Sans péché** : sans commettre une faute envers la religion.
4. Allusion aux vœux prononcés par Done Elvire à son entrée au couvent, c'est-à-dire à son engagement envers Dieu.
5. Plaisanterie irrévérencieuse sur le fait que les religieuses sont les épouses de Jésus-Christ.
6. **Repentir** : regret des fautes commises.
7. **Disgrâce** : malheur.

Dom Juan. – Madame…

Done Elvire. – Il suffit. Je n'en veux pas ouïr davantage, et je m'accuse même d'en avoir trop entendu. C'est une lâcheté que de se faire expliquer trop sa honte ; et, sur de tels sujets, un noble cœur, au premier mot, doit prendre son parti[1]. N'attends pas que j'éclate ici en reproches et en injures : non, non, je n'ai point un courroux à exhaler en paroles vaines[2], et toute sa chaleur[3] se réserve pour sa vengeance. Je te le dis encore, le Ciel te punira, perfide, de l'outrage[4] que tu me fais ; et si le Ciel n'a rien que tu puisses appréhender[5], appréhende du moins la colère d'une femme offensée.

Sganarelle. – Si le remords le pouvait prendre !

Dom Juan, *après une petite réflexion*. – Allons songer à l'exécution de notre entreprise[6] amoureuse.

Sganarelle. – Ah ! quel abominable maître me vois-je obligé de servir !

1. **Prendre son parti** : ici, se résigner.
2. **Exhaler en paroles vaines** : exprimer par des paroles inutiles.
3. **Chaleur** : ici, colère.
4. **Outrage** : offense, injure.
5. **Appréhender** : craindre.
6. **Entreprise** : projet, plan.

Arrêt sur lecture 1

Pour comprendre l'essentiel

Une exposition surprenante

1 La première scène s'ouvre sur une tirade de Sganarelle portant sur le tabac. Expliquez en quoi cela peut être déroutant pour le spectateur, puis proposez une explication justifiant ce choix de Molière.

2 Plusieurs intrigues semblent nouées à la fin de ce premier acte. Identifiez-les et formulez les questions que les spectateurs se posent.

3 Sganarelle et Elvire tentent de mettre en garde Dom Juan. Dressez la liste des arguments de chacun de ces personnages dans les scènes 2 et 3, et montrez que leurs avertissements contribuent à créer un sentiment d'attente chez les spectateurs.

Un personnage ambivalent mais séduisant

4 Avant d'apparaître sur scène, Dom Juan est décrit par Sganarelle dans la scène 1 de l'acte I. Montrez qu'il est présenté comme un esprit libre qui méprise les croyances et la religion.

5 Dom Juan est aussi décrit comme un séducteur. Mettez en évidence la manière dont son apparition à la scène 2 de l'acte I confirme cet aspect de sa personnalité.

6 L'acte I souligne les défauts du personnage. Cependant, Dom Juan réussit à plaire aux personnages et aux spectateurs. Expliquez comment.

Le mélange des genres et des tonalités

7 Faites des recherches sur la comédie et la tragédie classiques afin de proposer une définition des personnages types appartenant à l'un et à l'autre genre. Classez ensuite, selon cette distinction, les personnages apparus dans l'acte I, et dites à quel genre la pièce semble appartenir.

8 Les tirades prononcées par Done Elvire à la scène 3 expriment la souffrance et l'indignation d'une femme déshonorée. Étudiez l'expression de ses sentiments et identifiez les tonalités utilisées.

9 La présence de Sganarelle aux côtés de Dom Juan donne une tonalité comique à cette exposition. Indiquez quel(s) type(s) de comique ce personnage introduit.

✔ *Rappelez-vous !*

• On appelle **exposition** la ou les premières scènes d'une pièce de théâtre: elles ont pour fonction **de susciter l'intérêt du spectateur** et de lui fournir les **informations nécessaires à la compréhension de l'intrigue**. L'acte I de *Dom Juan* expose le caractère, les convictions et le passé du personnage principal. Celui-ci est à la fois immoral et séduisant, ce qui ne peut manquer de captiver le spectateur.

• Dom Juan est un libertin. Ce terme a d'abord été employé au XVIIe siècle par des religieux pour désigner, de manière péjorative, les esprits libres qui contestaient les croyances religieuses. Le mot est ensuite devenu, dans le langage courant, synonyme de débauché; mais au XVIIe siècle, le **libertinage constitue un véritable courant de pensée**. Il se caractérise par une **conception matérialiste du monde**, par une remise en cause de l'organisation politique et sociale, et par une **morale du plaisir**.

Vers l'oral du Bac

Explication linéaire de la scène 2 de l'acte I (p. 17-18, l. 39-76)

→ *En quoi cette tirade donne-t-elle à voir l'éloquence de Dom Juan ?*

Conseils pour la lecture à voix haute

– Appuyez-vous sur la ponctuation et la construction des phrases pour faire entendre l'éloquence de Dom Juan.
– N'hésitez pas à varier le ton : indigné au début, Dom Juan peut se laisser aller à un ton amoureux avant de terminer sur un ton résolu.

Explication linéaire du texte

Introduction

Alors que le portrait fait de Dom Juan par son valet dans la scène d'exposition le présente sous un jour négatif, dès sa première apparition sur scène, Dom Juan séduit et subvertit. Les spectateurs s'attendent à voir apparaître un « grand seigneur méchant homme » et découvrent un jeune gentilhomme aux talents d'orateur. En effet par un éloge paradoxal, il réussit à faire de l'inconstance, comportement considéré comme immoral, une valeur noble à laquelle il associe justice et générosité. Ainsi, nous nous demanderons en quoi cette tirade donne à voir l'éloquence de Dom Juan. Nous verrons, tout d'abord, comment il parvient à inverser les valeurs dans sa tirade, puis comment il se définit comme un stratège de la séduction avant de prêter à sa quête du plaisir une véritable noblesse.

Explication guidée

I. Lignes 39 à 56 : Un éloge paradoxal de l'inconstance

a. Quelle émotion Dom Juan feint-il pour d'emblée mettre en cause la notion de fidélité ?

b. Comment, par son éloquence, parvient-il à inverser les valeurs et à donner un caractère rationnel et juste à une attitude condamnable ?

c. De quelle manière présente-t-il ensuite son inconstance sous un jour favorable ?

II. Lignes 56 à 69 : Dom Juan, un stratège de la séduction

a. Comment Dom Juan apparente-t-il la séduction à une stratégie militaire ?

b. De quelle manière met-il en valeur chacune des étapes qui l'amène à la victoire sur l'autre ?

c. En quoi ses succès sont-ils paradoxalement synonymes de déception ?

III. Lignes 69 à 76 : Le plaisir, une noble quête ?

a. Quelle qualité la séduction permet-elle d'exprimer selon lui ? En quoi est-ce surprenant ?

b. Comment le caractère excessif de Dom Juan se traduit-il ?

c. À quel personnage historique s'associe-t-il ? Qu'est-ce que cela révèle sur le personnage ?

Conclusion

Dès sa première apparition, le charme de Dom Juan s'exerce sur le spectateur. En effet, celui-ci est entraîné par l'éloquence du séducteur à adhérer, malgré lui, à un comportement que la morale réprouve et que la société condamne. Ainsi, après avoir présenté la fidélité comme une valeur absurde, injuste et source d'inégalité, il peint le plaisir de la conquête amoureuse et de la stratégie qu'elle implique. Enfin, il défend l'idée que la quête du plaisir permet d'exprimer son ambition et sa grandeur d'âme. Dom Juan confirme donc son pouvoir de séduction et montre que c'est par la parole que celui-ci s'exerce. La puissance de son discours va d'ailleurs se vérifier dans la scène au cours de laquelle il séduit Charlotte.

Question de grammaire

Identifiez et analysez les propositions subordonnées circonstancielles présentes dans la phrase suivante :
« Quoi qu'il en soit, je ne puis refuser mon cœur à tout ce que je vois d'aimable ; et dès qu'un beau visage me le demande, si j'en avais dix mille, je les donnerais tous » (lignes 53 à 56).

Bosc et Devilliers, illustration pour *Dom Juan*, gravure, XIXe siècle.

ACTE II[1]

Scène 1[2]

CHARLOTTE, PIERROT

CHARLOTTE. – Nostre-dinse[3], Piarrot[4], tu t'es trouvé là bien à point.

PIERROT. – Parquienne[5], il ne s'en est pas falu l'époisseur d'une éplinque[6], qu'ils ne se sayant nayés[7] tous deux.

CHARLOTTE. – C'est donc le coup de vent da matin qui les avoit ranvarsés dans la mar.

PIERROT. – Aga guien[8], Charlotte, je m'en vas te conter tout fin drait[9] comme cela est venu : car, comme dit l'autre, je les ai le premier

1. Dans le contrat passé avec les peintres (voir note 1, p. 11), le décor prévu pour l'acte II est le suivant : « Un hameau de verdure et une grotte au travers de laquelle on voit la mer ».
2. Dans cette scène ainsi que dans les deux suivantes, Molière fait parler Pierrot et Charlotte dans un langage probablement inspiré d'un patois des environs de Paris. Nous simplifions ici la graphie de certaines formes afin de faciliter la lecture.
3. **Nostre-dinse** : juron dont la prononciation déformée atténue la portée blasphématoire, irrespectueuse de la religion (« Notre-Dame », c'est-à-dire Marie, mère de Jésus-Christ) comme tous ceux prononcés dans cette scène.
4. **Piarrot** : Pierrot. Dans toute cette scène, le son [er] est prononcé et écrit *ar* pour imiter la prononciation des paysans.
5. **Parquienne ou parquenne** : juron (« par Dieu »).
6. **Éplinque** : épingle.
7. **Qu'ils ne se sayant nayés** : qu'ils ne se soient noyés.
8. **Aga guien** : regarde, tiens.
9. **Tout fin drait** : exactement.

avisés[1], avisés le premier je les ai. Enfin donc, j'estions[2] sur le bord de la mar, moi et le gros Lucas, et je nous amusions à batifoler[3] avec des mottes de tarre que je nous jesquions[4] à la teste : car comme tu sais bian[5], le gros Lucas aime à batifoler, et moi par fouas je batifole itou[6]. En batifolant donc, pisque[7] batifoler y a, j'ai aparceu de tout loin queuque chose qui grouilloit dans gliau[8], et qui venoit comme envars nou par secousse. Je voyois cela fixiblement[9], et pis tout d'un coup je voyois que je ne voyois plus rien. Eh, Lucas, ç'ai-je fait[10], je pense que ula[11] des hommes qui nageant là-bas. Voire, ce m'a-t-il fait, t'as esté au trépassement[12] d'un chat, t'as la veue trouble. Pal sanquienne[13], ç'ai-je fait, je n'ai point la veue trouble, ce sont des hommes. Point du tout, ce m'a-t-il fait, t'as la barlue[14]. Veux-tu gager, ç'ai-je fait, que je n'ai point la barlue, ç'ai-je fait, et que sont deux hommes, ç'ai-je fait, qui nageant droit ici, ç'ai-je fait. Morquenne[15], ce m'a-t-il fait, je gage que non. Ô çà, ç'ai-je fait, veux-tu gager dix sols[16] que si ? Je le veux bian, ce m'a-t-il fait, et pour te montrer, vla argent su jeu[17], ce m'a-t-il fait. Moi, je n'ai point esté ni fou, ni estourdi, j'ai bravement bouté[18] à tarre quatre pièces tapées, et cinq

1. **Avisés** : vus.
2. **J'estions** : nous étions. Le patois de Pierrot se caractérise par des confusions de conjugaison.
3. **Je nous amusions à batifoler** : nous nous amusions à jouer.
4. **Je nous jesquions** : nous nous jetions.
5. **Bian** : bien. Le son [ien] est prononcé et écrit *ian* pour imiter la prononciation des paysans.
6. **Itou** : aussi.
7. **Pisque** : puisque (prononciation paysanne).
8. **Qui grouilloit dans gliau** : qui bougeait dans l'eau.
9. **Fixiblement** : mot inventé en combinant « fixement » et « visiblement ».
10. **Ç'ai-je fait** : ai-je dit.
11. **Ula** : voilà.
12. **Trépassement** : mort. Selon une superstition, voir mourir un chat trouble la vue.
13. **Pal sanquienne ou palsanqué** : juron (« par le sang de Dieu »).
14. **T'as la barlue** : tu as la berlue, c'est-à-dire des hallucinations.
15. **Morquenne ou morqué** : juron (« par la mort de Dieu »).
16. **Sols ou sous** : pièces de monnaie de peu de valeur.
17. **Vla argent su jeu** : voilà l'argent que je mise.
18. **Bouté** : mis.

sols en doubles[1], jergniguenne[2] aussi hardiment que si j'avois avalé un varre de vin : car je ses hazardeux[3] moi, et je vas à la debandade[4]. Je savois bian ce que je faisois pourtant, queuque gniais[5] ! Enfin donc, je n'avons pas putost eu gagé que j'avon veu les deux hommes tout à plain[6] qui nous faisiant signe de les aller querir[7], et moi de tirer auparavant les enjeux. Allons, Lucas, ç'ai-je dit, tu vois bian qu'ils nous appellont : allons viste à leu secours. Non, ce m'a-t-il dit, ils m'ont fait pardre. Ô donc tanquia, qua la par fin[8] pour le faire court, je l'ai tant sarmonné, que je nous sommes boutés dans une barque, et pis j'avons tant fait cahin, caha[9], que je les avons tirés de gliau, et pis je les avons menés cheux nous auprès du feu, et pis ils se sant dépouillés[10] tous nuds pour se secher, et pis il y en est venu encor deux de la mesme bande qui sequiant[11] sauvés tout seuls, et pis Mathurine est arrivée là à qui l'en a fait les doux yeux. Vla justement, Charlotte, comme tout ça s'est fait.

CHARLOTTE. – Ne m'as-tu pas dit, Piarrot, qu'il y en a un qu'est bien pu[12] mieux fait que les autres ?

PIERROT. – Oui, c'est le Maître, il faut que ce soit queuque gros[13] gros Monsieur, car il a du dor[14] à son habit tout de pis le haut jusqu'en bas, et ceux qui le servont sont des Monsieux eux-mesme,

---

1. **Pièces tapées** : sous marqués d'une fleur de lys, ce qui accroissait leur valeur ; **doubles** : doubles deniers, pièces de monnaie de valeur encore inférieure aux sous.
2. **Jergniguenne, jerniquenne, jemiquenne, jerniqué ou jernigué** : juron (« je renie Dieu »).
3. **Je ses hazardeux** : je suis joueur, j'aime prendre des risques.
4. **Je vas à la débandade** : j'agis sans réfléchir.
5. **Queuque gniais** : je ne suis pas si idiot que cela.
6. **Tout à plain** : juste devant.
7. **Querir** : chercher.
8. **Tanquia, qua la par fin** : si bien qu'à la fin.
9. **Cahin, caha** : péniblement, tant bien que mal.
10. **Ils se sant dépouillés** : ils se sont dévêtus.
11. **Sequiant** : s'étaient.
12. **Pu** : plus.
13. **Queuque gros** : un important.
14. **Du dor** : de l'or.

et stapandant[1], tout gros Monsieur qu'il est, il seroit par ma fique[2] nayé si je n'aviomme[3] esté là.

CHARLOTTE. – Ardez[4] un peu.

PIERROT. – Ô Parquenne, sans nous, il en avoit pour sa maine de féves[5].

CHARLOTTE. – Est-il encore cheux toi tout nu, Piarrot?

PIERROT. – Nannain[6], ils l'avont rhabillé tout devant nous. Mon quieu, je n'en avois jamais veu s'habiller, que d'histoires et d'angigorniaux[7] boutont ces Messieus-là les Courtisans[8], je me pardrois là-dedans pour moi, et j'estois tout ebobi[9] de voir ça. Quien, Charlotte, ils avont des cheveux qui ne tenont point à leu teste, et ils boutont ça après tout comme un gros bonnet de filace[10]. Ils ant des chemises qui ant des manches où j'entrerions tout brandis[11] toi et moi. En glieu d'haut de chausse[12], ils portont un garderobe aussi large que d'ici à Pasque[13], en glieu de pourpoint[14], de petites brassieres, qui ne leu venont pas usqu'au brichet, et en glieu de rabas[15] un grand mouchoir de cou à reziau[16] aveuc quatre grosses houpes de linge[17]

---

1. **Stapandant**: cependant.
2. **Par ma fique**: ma foi.
3. **Si je n'aviomme**: si je n'avais.
4. **Ardez**: voyez.
5. **Il en avoit pour sa maine de féves**: il en avait pour sa mesure de fèves, c'est-à-dire il avait son compte, il avait suffisamment souffert.
6. **Nannain**: non, non.
7. **Angigorniaux**: engins, c'est-à-dire choses compliquées.
8. **Courtisans**: personnes de haut rang.
9. **Ebobi**: ébaubi, c'est-à-dire frappé de surprise.
10. **Filace**: ficelle (Pierrot fait référence aux perruques que portaient les nobles).
11. **Brandis**: d'un seul coup.
12. **En glieu d'haut de chausse**: en guise de haut-de-chausses, de pantalon court.
13. **Garderobe**: tablier; **aussi large que d'ici à Pasque**: aussi long que le temps qui nous sépare de Pâques.
14. **Pourpoint**: vêtement d'homme qui couvrait le torse jusqu'au-dessous de la ceinture.
15. **Brichet**: bréchet, c'est-à-dire sternum, poitrine; **rabas**: petits cols.
16. **À reziau**: en dentelle.
17. **Houpes de linge**: touffes de tissu.

qui leu pendont sur l'estomaque. Ils avont itou d'autres petits rabats au bout des bras, et de grands entonnois de passement[1] aux jambes, et parmi tout ça tant de rubans, tant de rubans, que c'est une vraie piquié[2]. Ignia pas jusqu'aux souliers qui n'en soiont farcis tout de pis un bout jusqu'à l'autre, et ils sont faits d'eune façon que je me romprois le cou aveuc.

CHARLOTTE. – Par ma fi, Piarrot, il faut que j'aille voir un peu ça.

PIERROT. – Ô acoute un peu auparavant, Charlotte, j'ai queuque autre chose à te dire, moi.

CHARLOTTE. – Et bian, di, qu'est-ce que c'est ?

PIERROT. – Vois-tu, Charlotte, il faut, comme dit l'autre, que je débonde[3] mon cœur. Je t'aime, tu le sais bian, et je somme pour estre mariés ensemble, mais marquenne[4], je ne suis point satisfait de toi.

CHARLOTTE. – Quement ? qu'est-ce que c'est donc qu'iglia ?

PIERROT. – Iglia que tu me chagraignes[5] l'esprit franchement.

CHARLOTTE. – Et quement donc ?

PIERROT. – Testiguienne[6], tu ne m'aimes point.

CHARLOTTE. – Ah, ah, n'est-ce que ça ?

PIERROT. – Oui, ce n'est que ça, et c'est bian assez.

CHARLOTTE. – Mon quieu, Piarrot, tu me viens toujou dire la mesme chose.

---

1. **Entonnois de passement** : riches ornements de tissu.
2. **Piquié** : pitié.
3. **Que je débonde** : que je soulage, que je vide.
4. **Marquenne** : juron (« par la mère de Dieu »).
5. **Tu me chagraines** : tu me chagrines, tu me peines.
6. **Testiguienne, testigué ou testiguenne** : juron (« par la tête de Dieu »).

Pierrot. – Je te dis toujou la mesme chose, parce que c'est toujou la mesme chose, et si ce n'estoit pas toujou la mesme chose, je ne te dirois pas toujou la mesme chose.

Charlotte. – Mais, qu'est-ce qu'il te faut ? que veux-tu ?

Pierrot. – Jerniquenne, je veux que tu m'aimes.

Charlotte. – Est-ce que je ne t'aime pas ?

Pierrot. – Non, tu ne m'aimes pas, et si[1] je fais tout ce que je pis pour ça. Je t'achète sans reproche, des rubans à tous les marciers[2] qui passont, je me romps le cou à t'aller denicher des marles[3], je fais jouer pour toi les vielleux[4] quand ce vient ta feste, et tout ça comme si je me frapois la teste contre un mur. Vois-tu, ça n'est ni biau ni honneste de n'aimer pas les gens qui nous aimont.

Charlotte. – Mais, mon guieu, je taime aussi.

Pierrot. – Oui, tu m'aimes d'une belle deguaine[5].

Charlotte. – Quement veux-tu donc qu'on fasse ?

Pierrot. – Je veux que l'en fasse comme l'en fait quand l'en aime comme il faut.

Charlotte. – Ne t'aimai-je pas aussi comme il faut ?

Pierrot. – Non, quand ça est, ça se void, et l'en fait mille petites singeries[6] aux personnes quand on les aime du bon du cœur. Regarde la grosse Thomasse comme elle est assotée[7] du jeune Robain, aile est toujou autour de li à lagacer, et ne le laisse jamais en repos. Toujou

---

1. **Si** : pourtant.
2. **Marciers** : merciers, c'est-à-dire marchands de fournitures de couture.
3. **T'aller denicher des marles** : aller te dénicher des merles, c'est-à-dire trouver tout ce qui peut te faire plaisir (figuré).
4. **Vielleux** : joueurs de vielle (instrument à cordes).
5. **Dune belle deguaine** : d'une belle dégaine, c'est-à-dire d'une vilaine manière.
6. **Singeries** : tendres attentions.
7. **Assotée** : rendue sotte, ici par la passion amoureuse.

al li fait queuque niche ou li baille quelque taloche[1] en passant, et l'autre jour qu'il estoit assis sur un escabiau, al fut le tirer de dessous li, et le fit choir[2] tout de son long par tarre. Jarni[3] via où l'en voit les gens qui aimont, mais toi, tu ne me dis jamais mot, t'es toujou là comme eune vraie souche de bois, et je passerois vingt fois devant toi que tu ne te grouillerois pas pour me bailler le moindre coup, ou me dire la moindre chose. Ventrequenne[4], ça n'est pas bian, après tout, et t'es trop froide pour les gens.

CHARLOTTE. – Que veux-tu que j'y fasse ? c'est mon himeur, et je ne me pis refondre[5].

PIERROT. – Ignia himeur qui quienne, quand en a de l'amiquié pour les personnes, lan en baille toujou queuque petite signifiance.

CHARLOTTE. – Enfin, je t'aime tout autant que je pis, et si tu n'es pas content de ça, tu n'as qu'à en aimer queuquautre.

PIERROT. – Eh bien, vla pas mon conte[6] ? Testigué, si tu m'aimois, me dirois-tu ça ?

CHARLOTTE. – Pourquoi me viens-tu aussi tarabuster[7] l'esprit ?

PIERROT. – Morqué, queu mal te fais-je ? je ne te demande qu'un peu d'amiquié.

CHARLOTTE. – Et bian, laisse faire aussi, et ne me presse point tant, peut-estre que ça viendra tout d'un coup sans y songer.

PIERROT. – Touche donc là[8], Charlotte.

CHARLOTTE. – Et bien, quien.

1. **Niche** : farce ; **li baille quelque taloche** : lui donne une tape.
2. **Cheoir** : choir, c'est-à-dire tomber.
3. **Jarni ou jemi** : juron (« je renie »).
4. **Ventrequenne ou ventrequé** : juron (« par le ventre de Dieu »).
5. **Refondre** : changer ce que je suis.
6. **Vla pas mon conte** : cela ne fait pas mon compte, c'est-à-dire cela ne m'arrange pas.
7. **Tarabuster** : contrarier, causer du tracas.
8. **Touche donc là** : tape donc dans ma main pour conclure notre accord.

Pierrot. – Promets-moi donc que tu tâcheras de m'aimer davantage.

Charlotte. – J'y ferai tout ce que je pourrai, mais il faut que ça vienne de lui-mesme. Piarrot, est-ce là ce Monsieur?

Pierrot. – Oui, le ula.

Charlotte. – Ah, mon quieu, qu'il est genti[1], et que ç'auroit esté dommage qu'il eust été nayé.

Pierrot. – Je revians tout à l'heure[2], je m'en vas boire chopaine[3], pour me rebouter tant soit peu de la fatigue, que j'ais eue.

Scène 2

Dom Juan, Sganarelle. Charlotte

Dom Juan. – Nous avons manqué notre coup, Sganarelle, et cette bourrasque[4] imprévue a renversé avec notre barque le projet que nous avions fait; mais, à te dire vrai, la paysanne que je viens de quitter répare ce malheur, et je lui ai trouvé des charmes qui effacent de mon esprit tout le chagrin que me donnait le mauvais succès[5] de notre entreprise. Il ne faut pas que ce cœur m'échappe, et j'y ai déjà jeté des dispositions à ne pas me souffrir longtemps de pousser des soupirs[6].

1. **Genti**: gentil, c'est-à-dire joli.
2. **Tout à l'heure**: tout de suite.
3. **Chopaine**: un verre.
4. **Bourrasque**: coup de vent violent.
5. **Mauvais succès**: échec.
6. **J'y ai déjà jeté des dispositions à ne pas me souffrir longtemps de pousser des soupirs**: j'ai fait en sorte qu'elle ne me laisse pas attendre longtemps.

SGANARELLE. – Monsieur, j'avoue que vous m'étonnez. À peine sommes-nous échappés d'un péril de mort qu'au lieu de rendre grâce[1] au Ciel de la pitié qu'il a daigné prendre de nous, vous travaillez tout de nouveau à attirer sa colère par vos fantaisies accoutumées[2] et vos amours cr… Paix ! coquin[3] que vous êtes ; vous ne savez ce que vous dites, et Monsieur sait ce qu'il fait. Allons.

DOM JUAN, *apercevant Charlotte.* – Ah ! ah ! d'où sort cette autre paysanne, Sganarelle ? As-tu rien vu de plus joli ? et ne trouves-tu pas, dis-moi, que celle-ci vaut bien l'autre ?

SGANARELLE. – Assurément. Autre pièce nouvelle[4].

DOM JUAN. – D'où me vient, la belle, une rencontre si agréable ? Quoi ? dans ces lieux champêtres[5], parmi ces arbres et ces rochers, on trouve des personnes faites comme vous êtes ?

CHARLOTTE. – Vous voyez, Monsieur.

DOM JUAN. – Êtes-vous de ce village ?

CHARLOTTE. – Oui, Monsieur.

DOM JUAN. – Et vous y demeurez ?

CHARLOTTE. – Oui, Monsieur.

DOM JUAN. – Vous vous appelez ?

CHARLOTTE. – Charlotte, pour vous servir.

DOM JUAN. – Ah ! la belle personne, et que ses yeux sont pénétrants[6] !

CHARLOTTE. – Monsieur, vous me rendez toute honteuse.

---

1. **Rendre grâce** : remercier.
2. **Fantaisies accoutumées** : caprices habituels.
3. **Coquin** : vaurien (insulte).
4. **Autre pièce nouvelle** : nouvel embarras en perspective.
5. **Champêtres** : campagnards.
6. **Sont pénétrants** : touchent l'âme, font une vive impression.

Dom Juan. – Ah ! n'ayez point de honte d'entendre dire vos vérités. Sganarelle, qu'en dis-tu ? Peut-on rien voir de plus agréable ? Tournez-vous un peu, s'il vous plaît. Ah ! que cette taille est jolie ! Haussez un peu la tête, de grâce. Ah ! que ce visage est mignon ! Ouvrez vos yeux entièrement. Ah ! qu'ils sont beaux ! Que je voie un peu vos dents, je vous prie. Ah ! qu'elles sont amoureuses[1], et ces lèvres appétissantes ! Pour moi, je suis ravi, et je n'ai jamais vu une si charmante personne.

Charlotte. – Monsieur, cela vous plaît à dire, et je ne sais pas si c'est pour vous railler de moi.

Dom Juan. – Moi, me railler de vous ? Dieu m'en garde ! Je vous aime trop pour cela, et c'est du fond du cœur que je vous parle.

Charlotte. – Je vous suis bien obligée[2], si ça est.

Dom Juan. – Point du tout ; vous ne m'êtes point obligée de tout ce que je dis, et ce n'est qu'à votre beauté que vous en êtes redevable.

Charlotte. – Monsieur, tout ça est trop bien dit pour moi, et je n'ai pas d'esprit[3] pour vous répondre.

Dom Juan. – Sganarelle, regarde un peu ses mains.

Charlotte. – Fi ! Monsieur, elles sont noires comme je ne sais quoi.

Dom Juan. – Ha ! que dites-vous là ? Elles sont les plus belles du monde ; souffrez que je les baise, je vous prie.

Charlotte. – Monsieur, c'est trop d'honneur que vous me faites, et si j'avais su ça tantôt[4], je n'aurais pas manqué de les laver avec du son[5].

---

1. **Amoureuses** : dignes d'être aimées (sens du XVIIe siècle).
2. **Obligée** : reconnaissante.
3. **Pas d'esprit** : pas assez d'intelligence, de finesse.
4. **Tantôt** : un peu avant.
5. **Son** : résidus de grains de céréales moulus qu'on frottait sur la peau pour se laver.

Dom Juan. – Et dites-moi un peu, belle Charlotte, vous n'êtes pas mariée sans doute ?

Charlotte. – Non, Monsieur ; mais je dois bientôt l'être avec Piarrot, le fils de la voisine Simonette.

Dom Juan. – Quoi ? une personne comme vous serait la femme d'un simple paysan ! Non, non : c'est profaner[1] tant de beautés, et vous n'êtes pas née pour demeurer dans un village. Vous méritez sans doute une meilleure fortune[2], et le Ciel, qui le connaît[3] bien, m'a conduit ici tout exprès pour empêcher ce mariage, et rendre justice à vos charmes ; car enfin, belle Charlotte, je vous aime de tout mon cœur, et il ne tiendra qu'à vous que je vous arrache de ce misérable lieu, et ne vous mette dans l'état où vous méritez d'être. Cet amour est bien prompt sans doute ; mais quoi ? c'est un effet, Charlotte, de votre grande beauté, et l'on vous aime autant en un quart d'heure qu'on ferait une autre en six mois.

Charlotte. – Aussi vrai, Monsieur, je ne sais comment faire quand vous parlez. Ce que vous dites me fait aise[4], et j'aurais toutes les envies du monde de vous croire ; mais on m'a toujou dit qu'il ne faut jamais croire les monsieux, et que vous autres courtisans êtes des enjoleus[5], qui ne songez qu'à abuser[6] les filles.

Dom Juan. – Je ne suis pas de ces gens-là.

Sganarelle. – Il n'a garde[7].

Charlotte. – Voyez-vous, Monsieur, il n'y a pas plaisir à se laisser abuser. Je suis une pauvre paysanne ; mais j'ai l'honneur en

---

1. **Profaner** : manquer de respect à une chose sacrée, dégrader.
2. **Fortune** : destinée.
3. **Connaît** : ici, sait.
4. **Me fait aise** : me fait plaisir.
5. **Enjoleus** : enjôleurs, c'est-à-dire personnes qui séduisent par des manières et des paroles flatteuses.
6. **Abuser** : tromper en donnant de faux espoirs.
7. **Il n'a garde** : il s'en garde bien.

recommandation[1], et j'aimerais mieux me voir morte que de me voir déshonorée.

Dom Juan. – Moi, j'aurais l'âme assez méchante pour abuser une personne comme vous ? Je serais assez lâche pour vous déshonorer ? Non, non : j'ai trop de conscience pour cela. Je vous aime, Charlotte, en tout bien et en tout honneur ; et pour vous montrer que je vous dis vrai, sachez que je n'ai point d'autre dessein[2] que de vous épouser : en voulez-vous un plus grand témoignage ? M'y voilà prêt quand vous voudrez ; et je prends à témoin l'homme que voilà de la parole que je vous donne.

Sganarelle. – Non, non, ne craignez point : il se mariera avec vous tant que vous voudrez.

Dom Juan. – Ah ! Charlotte, je vois bien que vous ne me connaissez pas encore. Vous me faites grand tort de juger de moi par les autres ; et s'il y a des fourbes[3] dans le monde, des gens qui ne cherchent qu'à abuser des filles, vous devez me tirer du nombre, et ne pas mettre en doute la sincérité de ma foi[4]. Et puis votre beauté vous assure de tout. Quand on est faite comme vous, on doit être à couvert[5] de toutes ces sortes de crainte ; vous n'avez point l'air, croyez-moi, d'une personne qu'on abuse ; et pour moi, je l'avoue, je me percerais le cœur de mille coups, si j'avais eu la moindre pensée de vous trahir.

Charlotte. – Mon Dieu ! je ne sais si vous dites vrai, ou non ; mais vous faites que l'on vous croit.

Dom Juan. – Lorsque vous me croirez, vous me rendrez justice assurément, et je vous réitère encore la promesse que je vous ai faite. Ne l'acceptez-vous pas, et ne voulez-vous pas consentir à être ma femme ?

---

1. **J'ai l'honneur en recommandation** : je me soucie de mon honneur, j'ai le sens de la vertu.
2. **Dessein** : projet, intention.
3. **Fourbes** : personnes trompeuses, hypocrites.
4. **Foi** : promesse.
5. **À couvert** : protégée.

CHARLOTTE. – Oui, pourvu que ma tante le veuille.

DOM JUAN. – Touchez donc là, Charlotte, puisque vous le voulez bien de votre part.

CHARLOTTE. – Mais au moins, Monsieur, ne m'allez pas tromper, je vous prie : il y aurait de la conscience à vous[1], et vous voyez comme j'y vais à la bonne foi[2].

DOM JUAN. – Comment ? Il semble que vous doutiez encore de ma sincérité ! Voulez-vous que je fasse des serments épouvantables[3] ? Que le Ciel…

CHARLOTTE. – Mon Dieu, ne jurez point, je vous crois.

DOM JUAN. – Donnez-moi donc un petit baiser pour gage[4] de votre parole.

CHARLOTTE. – Oh ! Monsieur, attendez que je soyons mariés, je vous prie ; après ça, je vous baiserai tant que vous voudrez.

DOM JUAN. – Eh bien ! belle Charlotte, je veux tout ce que vous voulez ; abandonnez-moi seulement votre main, et souffrez que, par mille baisers, je lui exprime le ravissement où je suis…

---

1. **Il y aurait de la conscience à vous** : vous auriez une faute à vous reprocher, ce serait immoral de votre part.
2. **J'y vais à la bonne foi** : je vous fais confiance.
3. **Épouvantables** : ici, extrêmes, extraordinaires.
4. **Gage** : garantie.

Scène 3

DOM JUAN, SGANARELLE, PIERROT, CHARLOTTE

PIERROT, *se mettant entre deux et poussant Dom Juan.* – Tout doucement, Monsieur, tenez-vous, s'il vous plaît. Vous vous échauffez trop, et vous pourriez gagner la purésie[1].

DOM JUAN, *repoussant rudement Pierrot.* – Qui m'amène cet impertinent?

PIERROT. – Je vous dis qu'ou vous tegniez[2], et qu'ou ne caressiais point nos accordées[3].

DOM JUAN, *continue de le repousser.* – Ah! que de bruit!

PIERROT. – Jemiquenne! ce n'est pas comme ça qu'il faut pousser les gens.

CHARLOTTE, *prenant Pierrot par le bras.* – Et laisse-le faire aussi, Piarrot.

PIERROT. – Quement? que je le laisse faire? Je ne veux pas, moi.

DOM JUAN. – Ah!

PIERROT. – Testiguenne! parce qu'ous estes Monsieu, ous viendrez caresser nos femmes à notre barbe[4]? Allez-v's-en caresser les vôtres.

DOM JUAN. – Heu?

PIERROT. – Heu. *(Dom Juan lui donne un soufflet[5].)* Testigué! ne me frappez pas. *(Autre soufflet.)* Oh! jernigué! *(Autre soufflet.)* Ventrequé! *(Autre soufflet.)* Palsanqué! Morquenne! ça n'est pas bian de battre les gens, et ce n'est pas là la récompense de v's avoir sauvé d'estre nayé.

---

1. **Purésie**: pleurésie, maladie qui touche les poumons.
2. **Je vous dis qu'ou vous tegniez**: je vous dis de vous contenir.
3. **Accordées**: fiancées.
4. **À notre barbe**: sous nos yeux.
5. **Soufflet**: gifle.

CHARLOTTE. – Piarrot, ne te fâche point.

PIERROT. – Je me veux fâcher; et t'es une vilaine, toi, d'endurer[1] qu'on te cajole.

CHARLOTTE. – Oh ! Piarrot, ce n'est pas ce que tu penses. Ce monsieur veut m'épouser, et tu ne dois pas te bouter en colère.

PIERROT. – Quement ? Jemi ! Tu m'es promise.

CHARLOTTE. – Ça n'y fait rien, Piarrot. Si tu m'aimes ne dois-tu pas estre bien aise que je devienne Madame ?

PIERROT. – Jerniqué ! non. J'aime mieux te voir crevée que de te voir à un autre.

CHARLOTTE. – Va, va, Piarrot, ne te mets point en peine : si je sis Madame, je te ferai gagner queuque chose, et tu apporteras du beurre et du fromage cheux nous.

PIERROT. – Ventrequenne ! je gni en porterai jamais, quand tu m'en poirais[2] deux fois autant. Est-ce donc comme ça que t'écoutes ce qu'il te dit ? Morquenne ! si j'avais su ça tantost, je me serais bian gardé de le tirer de gliau, et je gli aurais baillé un bon coup d'aviron[3] sur la teste.

DOM JUAN, *s'approchant de Pierrot pour le frapper.* – Qu'est-ce que vous dites ?

PIERROT, *s'éloignant derrière Charlotte.* – Jerniquenne ! je ne crains personne.

DOM JUAN *passe du côté où est Pierrot.* – Attendez-moi un peu.

PIERROT *repasse de l'autre côté de Charlotte.* – Je me moque de tout, moi.

DOM JUAN *court après Pierrot.* – Voyons cela.

1. **Endurer** : accepter.
2. **Quand tu m'en poirais** : même si tu me payais.
3. **Aviron** : rame.

Pierrot *se sauve encore derrière Charlotte.* – J'en avons bien vu d'autres.

Dom Juan. – Houais !

Sganarelle. – Eh ! Monsieur, laissez là ce pauvre misérable. C'est conscience[1] de le battre. Écoute, mon pauvre garçon, retire-toi, et ne lui dis rien.

Pierrot *passe devant Sganarelle, et dit fièrement à Dom Juan.* – Je veux lui dire, moi.

Dom Juan *lève la main pour donner un soufflet à Pierrot, qui baisse la tête et Sganarelle reçoit le soufflet.* – Ah ! je vous apprendrai.

Sganarelle, *regardant Pierrot qui s'est baissé pour éviter le soufflet.* – Peste soit du maroufle[2] !

Dom Juan. – Te voilà payé de ta charité.

Pierrot. – Jarni ! je vas dire à sa tante tout ce ménage-ci.

Dom Juan. – Enfin je m'en vais être le plus heureux de tous les hommes, et je ne changerais pas mon bonheur à[3] toutes les choses du monde. Que de plaisirs quand vous serez ma femme ! et que…

1. **C'est conscience** : c'est une faute, c'est immoral.
2. **Peste soit du maroufle** : la peste emporte ce vaurien.
3. **À** : contre.

Scène 4

Dom Juan, Sganarelle, Charlotte, Mathurine

SGANARELLE, *apercevant Mathurine.* – Ah ! ah !

MATHURINE, *à Dom Juan.* – Monsieur, que faites-vous donc là avec Charlotte ? Est-ce que vous lui parlez d'amour aussi ?

DOM JUAN, *à Mathurine.* – Non, au contraire, c'est elle qui me témoignait une envie d'être ma femme, et je lui répondais que j'étais engagé à vous.

CHARLOTTE. – Qu'est-ce que c'est donc que vous veut Mathurine ?

DOM JUAN, *bas, à Charlotte.* – Elle est jalouse de me voir vous parler, et voudrait bien que je l'épousasse ; mais je lui dis que c'est vous que je veux.

MATHURINE. – Quoi ? Charlotte…

DOM JUAN, *bas, à Mathurine.* – Tout ce que vous lui direz sera inutile ; elle s'est mis cela dans la tête.

CHARLOTTE. – Quement donc ! Mathurine…

DOM JUAN, *bas, à Charlotte.* – C'est en vain que vous lui parlerez ; vous ne lui ôterez point cette fantaisie[1].

MATHURINE. – Est-ce que… ?

DOM JUAN, *bas, à Mathurine.* – Il n'y a pas moyen de lui faire entendre raison.

CHARLOTTE. – Je voudrais…

DOM JUAN, *bas, à Charlotte.* – Elle est obstinée comme tous les diables.

1. **Fantaisie** : ici, produit de l'imagination.

Mathurine. – Vramant…

Dom Juan, *bas, à Mathurine.* – Ne lui dites rien, c'est une folle.

Charlotte. – Je pense…

Dom Juan, *bas, à Charlotte.* – Laissez-la là, c'est une extravagante[1].

Mathurine. – Non, non : il faut que je lui parle.

Charlotte. – Je veux voir un peu ses raisons.

Mathurine. – Quoi ?…

Dom Juan, *bas, à Mathurine.* – Je gage qu'elle va vous dire que je lui ai promis de l'épouser.

Charlotte. – Je…

Dom Juan, *bas, à Charlotte.* – Gageons qu'elle vous soutiendra que je lui ai donné parole de la prendre pour femme.

Mathurine. – Hola ! Charlotte, ça n'est pas bien de courir sur le marché[2] des autres.

Charlotte. – Ça n'est pas honnête, Mathurine, d'être jalouse que Monsieur me parle.

Mathurine. – C'est moi que Monsieur a vue la première.

Charlotte. – S'il vous a vue la première, il m'a vue la seconde, et m'a promis de m'épouser.

Dom Juan, *bas, à Mathurine.* – Eh bien ! que vous ai-je dit ?

Mathurine. – Je vous baise les mains[3], c'est moi, et non pas vous, qu'il a promis d'épouser.

---

1. **Extravagante** : personne bizarre, excentrique.
2. **Courir sur le marché** : empiéter sur le terrain.
3. **Je vous baise les mains** : formule de politesse signifiant « excusez-moi de vous contredire » (ironique).

DOM JUAN, *bas, à Charlotte.* – N'ai-je pas deviné ?

CHARLOTTE. – À d'autres[1], je vous prie ; c'est moi, vous dis-je.

MATHURINE. – Vous vous moquez des gens ; c'est moi, encore un coup.

CHARLOTTE. – Le vla qui est pour le dire, si je n'ai pas raison.

MATHURINE. – Le vla qui est pour me démentir, si je ne dis pas vrai.

CHARLOTTE. – Est-ce, Monsieur, que vous lui avez promis de l'épouser ?

DOM JUAN, *bas, à Charlotte.* – Vous vous raillez de moi.

MATHURINE. – Est-il vrai, Monsieur, que vous lui avez donné parole d'être son mari ?

DOM JUAN, *bas, à Mathurine.* – Pouvez-vous avoir cette pensée ?

CHARLOTTE. – Vous voyez qu'ai le soutient.

DOM JUAN, *bas, à Charlotte.* – Laissez-la faire.

MATHURINE. – Vous êtes témoin comme al l'assure.

DOM JUAN, *bas, à Mathurine.* – Laissez-la dire.

CHARLOTTE. – Non, non : il faut savoir la vérité.

MATHURINE. – Il est question de juger ça.

CHARLOTTE. – Oui, Mathurine, je veux que Monsieur vous montre votre bec jaune[2].

MATHURINE. – Oui, Charlotte, je veux que Monsieur vous rende un peu camuse[3].

CHARLOTTE. – Monsieur, vuidez la querelle[4], s'il vous plaît.

1. **À d'autres** : vous pourriez faire croire vos sornettes à d'autres personnes.
2. **Votre bec jaune** : votre erreur, votre naïveté, pareille à celle d'un oisillon.
3. **Vous rende un peu camuse** : vous rabatte un peu le caquet, c'est-à-dire vous révèle qu'il vous a trompée.
4. **Vuidez la querelle** : tranchez.

Mathurine. – Mettez-nous d'accord, Monsieur.

Charlotte, *à Mathurine.* – Vous allez voir.

Mathurine, *à Charlotte.* – Vous allez voir vous-même.

Charlotte, *à Dom Juan.* – Dites.

Mathurine, *à Dom Juan.* – Parlez.

Dom Juan, *embarrassé, leur dit à toutes deux.* – Que voulez-vous que je dise ? Vous soutenez également toutes deux que je vous ai promis de vous prendre pour femmes. Est-ce que chacune de vous ne sait pas ce qui en est, sans qu'il soit nécessaire que je m'explique davantage ? Pourquoi m'obliger là-dessus à des redites ? Celle à qui j'ai promis effectivement n'a-t-elle pas en elle-même de quoi se moquer des discours de l'autre, et doit-elle se mettre en peine, pourvu que j'accomplisse ma promesse ? Tous les discours n'avancent point les choses ; il faut faire et non pas dire, et les effets décident mieux[1] que les paroles. Aussi n'est-ce rien que par-là que je vous veux mettre d'accord, et l'on verra, quand je me marierai, laquelle des deux a mon cœur. *(Bas, à Mathurine :)* Laissez-lui croire ce qu'elle voudra. *(Bas, à Charlotte :)* Laissez-la se flatter dans son imagination. *(Bas, à Mathurine :)* Je vous adore. *(Bas, à Charlotte :)* Je suis tout à vous. *(Bas, à Mathurine :)* Tous les visages sont laids auprès du vôtre. *(Bas, à Charlotte :)* On ne peut plus souffrir les autres quand on vous a vue. J'ai un petit ordre à donner ; je viens vous retrouver dans un quart d'heure.

Charlotte, *à Mathurine.* – Je suis celle qu'il aime, au moins.

Mathurine. – C'est moi qu'il épousera.

Sganarelle. – Ah ! pauvres filles que vous êtes, j'ai pitié de votre innocence, et je ne puis souffrir de vous voir courir à votre malheur.

---

1. **Les effets décident mieux** : les actes sont de meilleures preuves.

Croyez-moi l'une et l'autre : ne vous amusez point à tous les contes[1] qu'on vous fait, et demeurez dans votre village.

Dom Juan, *revenant.* – Je voudrais bien savoir pourquoi Sganarelle ne me suit pas.

Sganarelle. – Mon maître est un fourbe ; il n'a dessein que de vous abuser, et en a bien abusé d'autres ; c'est l'épouseur du genre humain, et… *(Il aperçoit Dom Juan.)* Cela est faux ; et quiconque vous dira cela, vous lui devez dire qu'il en a menti. Mon maître n'est point l'épouseur du genre humain, il n'est point fourbe, il n'a pas dessein de vous tromper, et n'en a point abusé d'autres. Ah ! tenez, le voilà ; demandez-le plutôt à lui-même.

Dom Juan. – Oui.

Sganarelle. – Monsieur, comme le monde est plein de médisants[2], je vais au-devant des choses ; et je leur disais que, si quelqu'un leur venait dire du mal de vous, elles se gardassent bien de le croire, et ne manquassent pas de lui dire qu'il en aurait menti.

Dom Juan. – Sganarelle.

Sganarelle. – Oui, Monsieur est homme d'honneur, je le garantis tel.

Dom Juan. – Hon !

Sganarelle. – Ce sont des impertinents.

---

1. **Ne vous amusez point à tous les contes** : ne perdez pas votre temps avec tous les récits mensongers.
2. **Médisants** : personnes qui disent du mal, qui accusent à tort.

Scène 5

Dom Juan, La Ramée, Charlotte, Mathurine, Sganarelle

La Ramée. – Monsieur, je viens vous avertir qu'il ne fait pas bon ici pour vous.

Dom Juan. – Comment ?

La Ramée. – Douze hommes à cheval vous cherchent, qui doivent arriver ici dans un moment ; je ne sais pas par quel moyen ils peuvent vous avoir suivi ; mais j'ai appris cette nouvelle d'un paysan qu'ils ont interrogé, et auquel ils vous ont dépeint. L'affaire presse, et le plus tôt que vous pourrez sortir d'ici sera le meilleur.

Dom Juan, *à Charlotte et Mathurine.* – Une affaire pressante m'oblige de partir d'ici ; mais je vous prie de vous ressouvenir de la parole que je vous ai donnée, et de croire que vous aurez de mes nouvelles avant qu'il soit demain au soir. Comme la partie n'est pas égale, il faut user de stratagème[1], et éluder[2] adroitement le malheur qui me cherche. Je veux que Sganarelle se revête de mes habits, et moi…

Sganarelle. – Monsieur, vous vous moquez. M'exposer à être tué sous vos habits, et…

Dom Juan. – Allons vite, c'est trop d'honneur que je vous fais, et bien heureux est le valet qui peut avoir la gloire de mourir pour son maître.

Sganarelle. – Je vous remercie d'un tel honneur. Ô Ciel, puisqu'il s'agit de mort, fais-moi la grâce de n'être point pris pour un autre !

---

1. **Stratagème** : ruse.
2. **Éluder** : éviter.

Arrêt sur lecture 2

Pour comprendre l'essentiel

Les jeux de l'amour

1 Il y a plusieurs trios amoureux dans l'acte II. Dites quelle place occupe Dom Juan dans ces trios et montrez qu'elle est conforme à l'image que les spectateurs ont de lui à ce moment de la pièce.

2 L'acte II donne à voir deux stratégies de séduction. Comparez le comportement de Pierrot et celui de Dom Juan pour plaire à Charlotte.

3 Cet acte met aussi en scène des jaloux. Étudiez la vision que Molière donne de la jalousie en repérant ses manifestations physiques et verbales sur scène.

Un acte qui détourne l'univers de la pastorale

4 La pastorale est une œuvre littéraire qui relate les amours des bergers et des bergères dans un cadre champêtre conventionnel. Montrez que les personnages et le lieu de cet acte correspondent bien à ce genre littéraire.

5 Dans la pastorale, le langage et le comportement des bergers et des bergères sont ennoblis; Molière a fait des choix plus réalistes. Prouvez-le.

6 La pastorale repose aussi sur l'idéal d'une harmonie entre les êtres. Étudiez la relation entre Pierrot et Charlotte pour montrer que Molière présente une vision moins idéalisée de l'amour.

Un comique inspiré de la farce

7 Au début de l'acte, le comique repose notamment sur le patois de Pierrot. Étudiez les différentes particularités de ce parler paysan. Montrez que le caractère de Pierrot contribue lui aussi au comique de la scène.

8 La farce fait la part belle au comique de gestes. À l'aide des didascalies, repérez ce type de comique dans la scène 3.

9 La scène 4, qui réunit Dom Juan, Charlotte et Mathurine, repose sur un autre type de comique. Identifiez-le et expliquez-en le fonctionnement.

✔ *Rappelez-vous !*

- On distingue habituellement **quatre types de comique**. Lorsque l'exagération ridiculise un trait de caractère, une manie, un vice, il s'agit du **comique de caractère**. Lorsqu'un quiproquo ou un coup de théâtre créent une situation embarrassante pour les personnages, un **comique de situation** est instauré. Avec le **comique de mots**, le rire naît du langage lui-même (mots déformés, jargons ridicules, mots mal compris). Enfin, on reconnaît le **comique de gestes** aux gesticulations, grimaces, coups qui font rire par l'absence de contrôle du corps qu'on doit normalement maîtriser en société.
- La **farce** est une courte pièce de théâtre, d'origine médiévale, qui met en scène des personnages souvent grotesques, bouffons, et qui repose sur un comique grossier.

Vers l'oral du Bac

Explication linéaire de la scène 2 de l'acte II (p. 41-43, l. 19-69)

> → *Comment cette scène met-elle en évidence la stratégie amoureuse déployée par Dom Juan ?*

Conseils pour la lecture à voix haute

– Mettez en évidence l'aisance avec laquelle Dom Juan s'exprime et la difficulté de Charlotte à lui répondre.

– Lorsque Dom Juan examine Charlotte, marquez des temps de pause entre chacune de ses demandes et l'expression de son admiration par votre intonation.

– N'hésitez pas à vous appuyer sur les répétitions de l'interjection « Ah! » pour surjouer un peu les répliques de Dom Juan.

– Vous pouvez varier le ton des répliques de Charlotte: elle est, tour à tour, respectueuse, gênée, méfiante, flattée.

Explication linéaire du texte

Introduction

La séduction qu'exerce Dom Juan sur les femmes définit le personnage. Dès la scène d'exposition, Sganarelle le présente comme un séducteur et, par son éloge de l'inconstance à la scène suivante, il démontre sa capacité à plaire par son discours, ainsi que son goût des conquêtes amoureuses. Ce trait de caractère est confirmé, en l'espace de quelques scènes, lorsque le spectateur le voit trahir Elvire et projeter d'enlever une jeune fiancée amoureuse de son promis. La rencontre avec Charlotte, une jeune paysanne, va lui permettre d'observer ensuite le séducteur à l'œuvre et de comprendre la manière dont il s'appuie sur la fragilité de ses proies pour les séduire. C'est pourquoi nous nous demanderons en quoi cette scène met en évidence la stratégie amoureuse déployée par Dom Juan. Ainsi, nous verrons qu'après avoir mis en évidence le plaisir éprouvé par la rencontre de Charlotte, Dom Juan va développer un éloge ambigu, qui se poursuit par un jeu cruel visant à lever toutes les réticences de la jeune paysanne.

Explication guidée

I. Lignes 19 à 30 : Les charmes de la rencontre

a. Que semble éprouver Dom Juan à la vue de Charlotte ?

b. Comment la met-il d'emblée en valeur ?

c. Que révèlent les questions de Dom Juan et les réponses de Charlotte ?

II. Lignes 31 à 54 : Un éloge ambigu

a. En quoi la réplique de Dom Juan sur l'apparence physique de Charlotte est-elle à la fois comique et ambiguë voire dérangeante ?

b. Quel défaut de Dom Juan ces répliques soulignent-elles ?

c. Qu'est-ce qui trahit l'infériorité de Charlotte face au séducteur ?

III. Lignes 55 à 69 : Un jeu cruel

a. Comment Dom Juan réoriente-t-il sa stratégie de séduction ?

b. Sur quel désir Dom Juan s'appuie-t-il pour s'assurer de son succès ?

c. Comment Dom Juan écarte-t-il toutes les objections qu'on peut lui faire avant même qu'elles ne lui soient opposées ?

Conclusion

Dom Juan multiplie les conquêtes en faisant de chacune des femmes qu'il rencontre une proie. Pour ce faire, il fait appel à ses désirs, découvre ses fragilités et s'appuie sur ses faiblesses. Ainsi, après avoir souligné le plaisir que lui procure une charmante rencontre, il emploie la flatterie et se joue du rêve d'ascension sociale qui habite Charlotte pour l'amener à capituler. Chacune des victoires de Dom Juan met en évidence ses vices en même temps que ceux des personnages qu'il charme et pervertit. Ici, la partie est inégale et la jeune femme n'a aucune chance de lui résister. Cependant, selon les choix opérés par les metteurs en scène, la scène peut rester légère et être dominée par la tonalité comique lorsque la comédienne jouant Charlotte fait preuve de bêtise et de naïveté, comme dans la mise en scène de Daniel Mesguich. En revanche, le personnage de Charlotte de Marcel Bluwal, plus délicat et émouvant, met en lumière la cruauté du séducteur et son caractère destructeur.

Question de grammaire

Relevez et analysez les phrases interrogatives des lignes 19 à 25, puis transformez-les en propositions subordonnées interrogatives indirectes en faisant débuter vos phrases par : « Il lui demanda... ».

ACTE III[1]

Scène 1

DOM JUAN, *en habit de campagne*, SGANARELLE, *en médecin*.

SGANARELLE. – Ma foi, Monsieur, avouez que j'ai eu raison, et que nous voilà l'un et l'autre déguisés à merveille. Votre premier dessein n'était point du tout à propos, et ceci nous cache bien mieux que tout ce que vous vouliez faire.

DOM JUAN. – Il est vrai que te voilà bien, et je ne sais où tu as été déterrer cet attirail[2] ridicule.

SGANARELLE. – Oui ? C'est l'habit d'un vieux médecin, qui a été laissé en gage au lieu où je l'ai pris, et il m'en a coûté de l'argent pour l'avoir. Mais savez-vous, Monsieur, que cet habit me met déjà en considération[3], que je suis salué des gens que je rencontre, et que l'on me vient consulter ainsi qu'un habile homme ?

DOM JUAN. – Comment donc ?

SGANARELLE. – Cinq ou six paysans et paysannes, en me voyant passer, me sont venus demander mon avis sur différentes maladies.

1. Dans le contrat passé avec les peintres (voir note 1, p. 11), le décor prévu pour l'acte III est le suivant : « Une forêt avec à l'arrière-plan une sorte de temple entouré de verdure ».
2. **Attirail** : panoplie, ensemble des objets constituant le costume de médecin.
3. **Me met déjà en considération** : me donne tant d'autorité.

DOM JUAN. – Tu leur as répondu que tu n'y entendais[1] rien ?

SGANARELLE. – Moi ? Point du tout. J'ai voulu soutenir[2] l'honneur de mon habit : j'ai raisonné sur le mal, et leur ai fait des ordonnances à chacun.

DOM JUAN. – Et quels remèdes encore leur as-tu ordonnés ?

SGANARELLE. – Ma foi ! Monsieur, j'en ai pris par où j'en ai pu attraper ; j'ai fait mes ordonnances à l'aventure[3], et ce serait une chose plaisante si les malades guérissaient, et qu'on m'en vînt remercier.

DOM JUAN. – Et pourquoi non ? Par quelle raison n'aurais-tu pas les mêmes privilèges qu'ont tous les autres médecins ? Ils n'ont pas plus de part que toi aux guérisons des malades, et tout leur art est pure grimace[4]. Ils ne font rien que recevoir la gloire des heureux[5] succès, et tu peux profiter comme eux du bonheur du malade, et voir attribuer à tes remèdes tout ce qui peut venir des faveurs du hasard et des forces de la nature.

SGANARELLE. – Comment, Monsieur, vous êtes aussi impie en médecine ?

DOM JUAN. – C'est une des grandes erreurs qui soit parmi les hommes.

SGANARELLE. – Quoi ? vous ne croyez pas au séné, ni à la casse, ni au vin émétique[6] ?

DOM JUAN. – Et pourquoi veux-tu que j'y croie ?

SGANARELLE. – Vous avez l'âme bien mécréante[7]. Cependant vous voyez, depuis un temps, que le vin émétique fait bruire ses fuseaux[8].

---

1. **Entendais** : ici, comprenais.
2. **Soutenir** : défendre.
3. **À l'aventure** : au hasard.
4. **Grimace** : ici, comédie, hypocrisie.
5. **Heureux** : dus à la chance, au hasard.
6. **Séné, casse, vin émétique** : remèdes qui purgent le système digestif.
7. **Mécréante** : qui doute, qui ne croit pas.
8. **Fait bruire ses fuseaux** : fait parler de lui.

Ses miracles ont converti les plus incrédules[1] esprits, et il n'y a pas trois semaines que j'en ai vu, moi qui vous parle, un effet merveilleux.

Dom Juan. – Et quel ?

Sganarelle. – Il y avait un homme qui, depuis six jours, était à l'agonie[2] ; on ne savait plus que lui ordonner, et tous les remèdes ne faisaient rien ; on s'avisa[3] à la fin de lui donner de l'émétique.

Dom Juan. – Il réchappa, n'est-ce pas ?

Sganarelle. – Non, il mourut.

Dom Juan. – L'effet est admirable.

Sganarelle. – Comment ? il y avait six jours entiers qu'il ne pouvait mourir, et cela le fit mourir tout d'un coup. Voulez-vous rien de plus efficace ?

Dom Juan. – Tu as raison.

Sganarelle. – Mais laissons là la médecine, où vous ne croyez point, et parlons des autres choses, car cet habit me donne de l'esprit, et je me sens en humeur de disputer contre vous : vous savez bien que vous me permettez les disputes, et que vous ne me défendez que les remontrances.

Dom Juan. – Eh bien ?

Sganarelle. – Je veux savoir un peu vos pensées à fond. [Est-il possible que vous ne croyiez point du tout au Ciel ?

Dom Juan. – Laissons cela.

Sganarelle. – C'est-à-dire que non. Et à l'Enfer ?

Dom Juan. – Eh !

1. **Incrédules** : sceptiques, qui ne croient pas ; ici, en l'efficacité de la médecine.
2. **À l'agonie** : mourant.
3. **On s'avisa** : on eut l'idée de.

SGANARELLE. – Tout de même. Et au diable, s'il vous plaît?

DOM JUAN. – Oui, oui.

SGANARELLE. – Aussi peu. Ne croyez-vous point l'autre vie?

DOM JUAN. – Ah! ah! ah!

SGANARELLE. – Voilà un homme que j'aurai bien de la peine à convertir. Et dites-moi un peu, le Moine-Bourru[1], qu'en croyez-vous, eh!

DOM JUAN. – La peste soit du fat[2]!

SGANARELLE. – Et voilà ce que je ne puis souffrir, car il n'y a rien de plus vrai que le Moine-Bourru, et je me ferais pendre pour celui-là. Mais encore faut-il croire quelque chose dans le monde: qu'est-ce donc que vous croyez?

DOM JUAN. – Ce que je crois?

SGANARELLE. – Oui.

DOM JUAN. – Je crois que deux et deux sont quatre, Sganarelle, et que quatre et quatre sont huit[3].

SGANARELLE. – La belle croyance et les beaux articles de foi[4] que voici! Votre religion, à ce que je vois, est donc l'arithmétique? Il faut avouer qu'il se met d'étranges folies dans la tête des hommes, et que pour avoir bien étudié on en est bien moins sage le plus souvent. Pour moi, Monsieur, je n'ai point étudié comme vous, Dieu merci, et personne ne saurait se vanter de m'avoir jamais rien appris; mais avec mon petit sens[5] et mon petit jugement, je vois les choses mieux que tous les livres, et je comprends fort bien que ce monde que

1. **Le Moine-Bourru**: selon une croyance du XVIIe siècle, fantôme qui courait les rues avant Noël et maltraitait les passants.
2. **Fat**: prétentieux.
3. Cette formule, célèbre chez les libertins, est attribuée à Maurice de Nassau (1567-1625), prince d'Orange, qui l'aurait prononcée en 1625 sur son lit de mort, répondant à un prêtre venu le confesser.
4. **Articles de foi**: objets d'une croyance religieuse.
5. **Sens**: bon sens, capacité de bien juger.

nous voyons n'est pas un champignon, qui soit venu tout seul en une nuit. Je voudrais bien vous demander qui a fait ces arbres-là, ces rochers, cette terre, et ce ciel que voilà là-haut, et si tout cela s'est bâti de lui-même. Vous voilà vous, par exemple, vous êtes là : est-ce que vous vous êtes fait tout seul, et n'a-t-il pas fallu que votre père ait engrossé[1] votre mère pour vous faire ? Pouvez-vous voir toutes ces inventions dont la machine de l'homme[2] est composée sans admirer de quelle façon cela est agencé[3] l'un dans l'autre : ces nerfs, ces os, ces veines, ces artères, ces… ce poumon, ce cœur, ce foie, et tous ces autres ingrédients qui sont là, et qui… Ah ! dame, interrompez-moi donc si vous voulez : je ne saurais disputer si l'on ne m'interrompt ; vous vous taisez exprès et me laissez parler par belle malice[4].

Dom Juan. – J'attends que ton raisonnement soit fini.

Sganarelle. – Mon raisonnement est qu'il y a quelque chose d'admirable dans l'homme, quoi que vous puissiez dire, que tous les savants ne sauraient expliquer. Cela n'est-il pas merveilleux que me voilà ici, et que j'aie quelque chose dans la tête qui pense cent choses différentes en un moment, et fait de mon corps tout ce qu'elle veut ? Je veux frapper des mains, hausser le bras, lever les yeux au ciel, baisser la tête, remuer les pieds, aller à droit, à gauche, en avant, en arrière, tourner…

Il se laisse tomber en tournant.

Dom Juan. – Bon ! voilà ton raisonnement qui a le nez cassé.

Sganarelle. – Morbleu[5] ! je suis bien sot de m'amuser à raisonner avec vous. Croyez ce que vous voudrez : il m'importe bien que vous soyez damné[6] !

---

1. **Engrossé** : mis enceinte.
2. **La machine de l'homme** : le corps humain.
3. **Agencé** : organisé.
4. **Malice** : malveillance, moquerie.
5. **Morbleu** : juron exprimant la colère.
6. **Damné** : condamné aux peines de l'Enfer, puni du châtiment éternel.

Dom Juan. – Mais tout en raisonnant, je crois que nous sommes égarés[1].][2] Appelle un peu cet homme que voilà là-bas, pour lui demander le chemin.

Sganarelle. – Holà ! ho, l'homme ! ho, mon compère ! ho, l'ami ! un petit mot s'il vous plaît.

Scène 2

Dom Juan, Sganarelle, un pauvre

Sganarelle. – Enseignez-nous un peu le chemin qui mène à la ville.

Le pauvre. – Vous n'avez qu'à suivre cette route, Messieurs, et détourner[3] à main droite quand vous serez au bout de la forêt. Mais je vous donne avis que vous devez vous tenir sur vos gardes, et que depuis quelque temps il y a des voleurs ici autour.

Dom Juan. – Je te suis bien obligé, mon ami, et je te rends grâce de tout mon cœur.

[**Le pauvre.** – Si vous vouliez, Monsieur, me secourir de quelque aumône[4] ?

Dom Juan. – Ah ! ah ! ton avis est intéressé, à ce que je vois.

Le pauvre. – Je suis un pauvre homme, Monsieur, retiré tout seul dans ce bois depuis dix ans, et je ne manquerai pas de prier le Ciel qu'il vous donne toute sorte de biens.

---

1. **Égarés** : perdus.
2. Le passage entre crochets (l. 56-111) ne figure pas dans l'édition cartonnée, c'est-à-dire censurée, de 1682.
3. **Détourner** : tourner.
4. **Aumône** : don fait aux pauvres par charité, qui est une vertu essentielle dans la religion chrétienne.

DOM JUAN. – Eh ! prie-le qu'il te donne un habit, sans te mettre en peine des affaires des autres.

SGANARELLE. – Vous ne connaissez pas Monsieur, bonhomme ; il ne croit qu'en deux et deux sont quatre et en quatre et quatre sont huit.

DOM JUAN. – Quelle est ton occupation parmi ces arbres ?

LE PAUVRE. – De prier le Ciel tout le jour pour la prospérité des gens de bien[1] qui me donnent quelque chose.

DOM JUAN. – Il ne se peut donc pas que tu ne sois bien à ton aise ?

LE PAUVRE. – Hélas ! Monsieur, je suis dans la plus grande nécessité[2] du monde.

DOM JUAN. – Tu te moques : un homme qui prie le Ciel tout le jour ne peut pas manquer d'être bien dans ses affaires.

LE PAUVRE. – Je vous assure, Monsieur, que le plus souvent je n'ai pas un morceau de pain à mettre sous les dents.

{DOM JUAN. – Voilà qui est étrange, et tu es bien mal reconnu de tes soins[3]. Ah ! ah ! je m'en vais te donner un louis d'or[4] tout à l'heure, pourvu que tu veuilles jurer[5].

LE PAUVRE. – Ah ! Monsieur, voudriez-vous que je commisse[6] un tel péché ?

DOM JUAN. – Tu n'as qu'à voir si tu veux gagner un louis d'or ou non. En voici un que je te donne, si tu jures ; tiens, il faut jurer.

LE PAUVRE. – Monsieur !

---

1. **Prospérité** : réussite ; **gens de bien** : personnes dotées de qualités morales, généreuses, honnêtes.
2. **Nécessité** : misère.
3. **Reconnu de tes soins** : récompensé de tes efforts.
4. **Louis d'or** : pièce de monnaie en or, donc de grande valeur.
5. **Jurer** : blasphémer, insulter le nom de Dieu. Au XVIIe siècle, le blasphème était condamné par les lois religieuses et par les lois civiles.
6. **Que je commisse** : que je commette.

Dom Juan. – À moins de cela, tu ne l'auras pas.

Sganarelle. – Va, va, jure un peu, il n'y a pas de mal.

Dom Juan. – Prends, le voilà; prends, te dis-je, mais jure donc.

Le pauvre. – Non, Monsieur, j'aime mieux mourir de faim.

Dom Juan. – Va, va,} je te le donne pour l'amour de l'humanité[1].][2] Mais que vois-je là ? un homme attaqué par trois autres ? La partie est trop inégale, et je ne dois pas souffrir cette lâcheté.

Il court au lieu du combat.

Scène 3

Dom Juan, Dom Carlos, Sganarelle

Sganarelle. – Mon maître est un vrai enragé d'aller se présenter à un péril qui ne le cherche pas; mais, ma foi ! le secours a servi, et les deux ont fait fuir les trois.

Dom Carlos, *l'épée à la main*. – On voit, par la fuite de ces voleurs, de quel secours est votre bras. Souffrez, Monsieur, que je vous rende grâce d'une action si généreuse, et que…

Dom Juan, *revenant l'épée à la main*. – Je n'ai rien fait, Monsieur, que vous n'eussiez fait en ma place. Notre propre honneur est intéressé[3]

1. **Humanité** : nature humaine (notion chrétienne au XVIIe siècle).
2. Dans l'édition non-cartonnée, c'est-à-dire non censurée, de 1682, le passage entre les accolades (l. 28-40) est remplacé par la réplique suivante : « Je veux te donner un louis d'or et ». Le passage entre crochets (l. 8-40) n'apparaît pas dans l'édition cartonnée, c'est-à-dire censurée, de 1682.
3. **Intéressé** : en jeu.

dans de pareilles aventures, et l'action de ces coquins était si lâche que c'eût été y prendre part que de ne s'y pas opposer. Mais par quelle rencontre vous êtes-vous trouvé entre leurs mains ?

DOM CARLOS. – Je m'étais par hasard égaré d'un frère et de tous ceux de notre suite ; et comme je cherchais à les rejoindre, j'ai fait rencontre de ces voleurs, qui d'abord ont tué mon cheval, et qui, sans votre valeur, en auraient fait autant de moi.

DOM JUAN. – Votre dessein est-il d'aller du côté de la ville ?

DOM CARLOS. – Oui, mais sans y vouloir entrer ; et nous nous voyons obligés, mon frère et moi, à tenir la campagne pour une de ces fâcheuses affaires qui réduisent les gentilshommes[1] à se sacrifier, eux et leur famille, à la sévérité de leur honneur, puisque enfin le plus doux succès en est toujours funeste[2], et que, si l'on ne quitte pas la vie, on est contraint de quitter le Royaume[3] ; et c'est en quoi je trouve la condition d'un gentilhomme malheureuse, de ne pouvoir point s'assurer sur toute la prudence et toute l'honnêteté de sa conduite[4], d'être asservi[5] par les lois de l'honneur au dérèglement de la conduite d'autrui, et de voir sa vie, son repos et ses biens dépendre de la fantaisie du premier téméraire[6] qui s'avisera de lui faire une de ces injures pour qui[7] un honnête homme doit périr.

DOM JUAN. – On a cet avantage, qu'on fait courir le même risque et passer mal aussi le temps à ceux qui prennent fantaisie de nous venir faire une offense de gaieté de cœur. Mais ne serait-ce point une indiscrétion que de vous demander quelle peut être votre affaire ?

---

1. **Gentilshommes** : nobles, aristocrates.
2. **Doux** : agréable, satisfaisant ; **funeste** : malheureux, fatal.
3. Allusion au duel d'honneur envisagé pour réparer l'offense commise. Depuis 1626, plusieurs lois interdisaient les duels, qui étaient sévèrement punis ; ainsi, Dom Carlos et son frère sont contraints de rester à la campagne pour échapper aux sanctions.
4. **Ne pouvoir point s'assurer sur toute la prudence et toute l'honnêteté de sa conduite** : voir son honneur dépendre d'autres choses que de sa propre conduite.
5. **Asservi** : dépendant, soumis.
6. **Téméraire** : imprudent.
7. **Pour qui** : pour lesquelles.

Dom Carlos. – La chose en est aux termes[1] de n'en plus faire de secret, et lorsque l'injure a une fois éclaté[2], notre honneur ne va point à vouloir cacher notre honte, mais à faire éclater notre vengeance, et à publier[3] même le dessein que nous en avons. Ainsi, Monsieur, je ne feindrai point de vous dire[4] que l'offense que nous cherchons à venger est une sœur séduite et enlevée d'un couvent, et que l'auteur de cette offense est un Dom Juan Tenorio, fils de Dom Louis Tenorio. Nous le cherchons depuis quelques jours, et nous l'avons suivi ce matin sur le rapport d'un valet qui nous a dit qu'il sortait à cheval, accompagné de quatre ou cinq, et qu'il avait pris le long de cette côte; mais tous nos soins ont été inutiles, et nous n'avons pu découvrir ce qu'il est devenu.

Dom Juan. – Le connaissez-vous, Monsieur, ce Dom Juan dont vous parlez?

Dom Carlos. – Non, quant à moi. Je ne l'ai jamais vu, et je l'ai seulement ouï dépeindre à[5] mon frère; mais la renommée n'en dit pas force bien[6], et c'est un homme dont la vie…

Dom Juan. – Arrêtez, Monsieur, s'il vous plaît. Il est un peu de mes amis, et ce serait à moi une espèce de lâcheté que d'en ouïr dire du mal.

Dom Carlos. – Pour l'amour de vous, Monsieur, je n'en dirai rien du tout, et c'est bien la moindre chose que je vous doive, après m'avoir sauvé la vie, que de me taire devant vous d'une personne que vous connaissez, lorsque je ne puis en parler sans en dire du mal; mais, quelque ami que vous lui soyez, j'ose espérer que vous

1. **Aux termes**: au point.
2. **A une fois éclaté**: a été connue de tous.
3. **Publier**: rendre public.
4. **Je ne feindrai point de vous dire**: je ne vous cacherai pas.
5. **À**: par.
6. **La renommée n'en dit pas force bien**: sa réputation n'en dit pas beaucoup de bien.

n'approuverez pas son action, et ne trouverez pas étrange que nous cherchions d'en prendre la vengeance.

Dom Juan. – Au contraire, je vous y veux servir, et vous épargner des soins inutiles. Je suis ami de Dom Juan, je ne puis pas m'en empêcher; mais il n'est pas raisonnable qu'il offense impunément[1] des gentilshommes, et je m'engage à vous faire faire raison[2] par lui.

Dom Carlos. – Et quelle raison peut-on faire à ces sortes d'injures?

Dom Juan. – Toute celle que votre honneur peut souhaiter; et, sans vous donner la peine de chercher Dom Juan davantage, je m'oblige à le faire trouver au lieu que vous voudrez, et quand il vous plaira.

Dom Carlos. – Cet espoir est bien doux, Monsieur, à des cœurs offensés; mais, après ce que je vous dois, ce me serait une trop sensible douleur que vous fussiez de la partie[3].

Dom Juan. – Je suis si attaché à Dom Juan qu'il ne saurait se battre que je ne me batte aussi; mais enfin j'en réponds comme de moi-même, et vous n'avez qu'à dire quand vous voulez qu'il paraisse et vous donne satisfaction.

Dom Carlos. – Que ma destinée est cruelle! Faut-il que je vous doive la vie, et que Dom Juan soit de vos amis?

1. **Impunément**: sans être puni.
2. **Faire raison**: rendre justice, offrir réparation.
3. **Que vous fussiez de la partie**: que vous soyez engagé dans cette affaire.

Scène 4

DOM ALONSE, *et trois Suivants,* DOM CARLOS, DOM JUAN, SGANARELLE

DOM ALONSE. – Faites boire là mes chevaux, et qu'on les amène après nous ; je veux un peu marcher à pied. Ô Ciel ! que vois-je ici ! Quoi ? mon frère, vous voilà avec notre ennemi mortel ?

DOM CARLOS. – Notre ennemi mortel ?

DOM JUAN, *se reculant de trois pas et mettant fièrement la main sur la garde*[1] *de son épée.* – Oui, je suis Dom Juan moi-même, et l'avantage du nombre ne m'obligera pas à vouloir déguiser mon nom.

DOM ALONSE. – Ah ! traître, il faut que tu périsses, et…

DOM CARLOS. – Ah ! mon frère, arrêtez. Je lui suis redevable de la vie ; et sans le secours de son bras, j'aurais été tué par des voleurs que j'ai trouvés.

DOM ALONSE. – Et voulez-vous que cette considération empêche notre vengeance ? Tous les services que nous rend une main ennemie ne sont d'aucun mérite pour engager notre âme[2] ; et s'il faut mesurer l'obligation à l'injure[3], votre reconnaissance, mon frère, est ici ridicule ; et comme l'honneur est infiniment plus précieux que la vie, c'est ne devoir rien proprement que d'être redevable de la vie à qui nous a ôté l'honneur.

DOM CARLOS. – Je sais la différence, mon frère, qu'un gentilhomme doit toujours mettre entre l'un et l'autre, et la reconnaissance de l'obligation[4] n'efface point en moi le ressentiment de l'injure ; mais

---

1. **Garde** : partie de l'épée qui protège la main.
2. **Engager notre âme** : nous rendre redevables.
3. **Mesurer l'obligation à l'injure** : comparer le service rendu (à Dom Carlos) à l'offense faite (à Done Elvire).
4. **Obligation** : dette.

souffrez que je lui rende ici ce qu'il m'a prêté, que je m'acquitte sur-le-champ de[1] la vie que je lui dois, par un délai de notre vengeance, et lui laisse la liberté de jouir[2], durant quelques jours, du fruit de son bienfait.

Dom Alonse. – Non, non, c'est hasarder[3] notre vengeance que de la reculer et l'occasion de la prendre peut ne plus revenir. Le Ciel nous l'offre ici, c'est à nous d'en profiter. Lorsque l'honneur est blessé mortellement, on ne doit point songer à garder aucunes mesures; et si vous répugnez[4] à prêter votre bras à cette action, vous n'avez qu'à vous retirer et laisser à ma main la gloire d'un tel sacrifice.

Dom Carlos. – De grâce, mon frère…

Dom Alonse. – Tous ces discours sont superflus: il faut qu'il meure.

Dom Carlos. – Arrêtez-vous, dis-je, mon frère. Je ne souffrirai point du tout qu'on attaque ses jours[5], et je jure le Ciel que je le défendrai ici contre qui que ce soit, et je saurai lui faire un rempart de cette même vie qu'il a sauvée; et pour adresser vos coups, il faudra que vous me perciez.

Dom Alonse. – Quoi? vous prenez le parti de notre ennemi contre moi; et loin d'être saisi à son aspect des mêmes transports que je sens, vous faites voir pour lui des sentiments pleins de douceur?

Dom Carlos. – Mon frère, montrons de la modération dans une action légitime, et ne vengeons point notre honneur avec cet emportement que vous témoignez. Ayons du cœur[6] dont nous soyons les maîtres, une valeur qui n'ait rien de farouche, et qui se porte aux choses par une pure délibération[7] de notre raison, et non point par

---

1. **Que je m'acquitte […] de**: que je règle, que je paye.
2. **Jouir**: bénéficier.
3. **Hasarder**: rendre incertaine.
4. **Si vous répugnez**: si vous éprouvez du dégoût, si vous êtes réticent.
5. **Ses jours**: sa vie.
6. **Cœur**: courage.
7. **Délibération**: décision mûrement réfléchie.

le mouvement d'une aveugle colère. Je ne veux point, mon frère, demeurer redevable à mon ennemi, et je lui ai une obligation dont il faut que je m'acquitte avant toute chose. Notre vengeance, pour être différée[1], n'en sera pas moins éclatante : au contraire, elle en tirera de l'avantage ; et cette occasion de l'avoir pu prendre la fera paraître plus juste aux yeux de tout le monde.

Dom Alonse. – Ô l'étrange faiblesse, et l'aveuglement effroyable d'hasarder ainsi les intérêts de son honneur pour la ridicule pensée d'une obligation chimérique !

Dom Carlos. – Non, mon frère, ne vous mettez pas en peine. Si je fais une faute, je saurai bien la réparer, et je me charge de tout le soin de notre honneur ; je sais à quoi il nous oblige, et cette suspension d'un jour, que ma reconnaissance lui demande, ne fera qu'augmenter l'ardeur que j'ai de le satisfaire. Dom Juan, vous voyez que j'ai soin de vous rendre le bien que j'ai reçu de vous, et vous devez par là juger du reste, croire que je m'acquitte avec même chaleur de ce que je dois, et que je ne serais pas moins exact[2] à vous payer l'injure que le bienfait. Je ne veux point vous obliger ici à expliquer vos sentiments, et je vous donne la liberté de penser à loisir aux résolutions[3] que vous avez à prendre. Vous connaissez assez la grandeur de l'offense que vous nous avez faite, et je vous fais juge vous-même des réparations qu'elle demande. Il est des moyens doux pour nous satisfaire ; il en est de violents et de sanglants ; mais enfin, quelque choix que vous fassiez, vous m'avez donné parole de me faire faire raison par Dom Juan : songez à me la faire, je vous prie, et vous ressouvenez[4] que, hors d'ici, je ne dois plus qu'à mon honneur.

Dom Juan. – Je n'ai rien exigé de vous, et vous tiendrai ce que j'ai promis.

---

1. **Pour être différée** : parce qu'elle aura été reportée.
2. **Exact** : appliqué, rigoureux.
3. **Résolutions** : décisions.
4. **Vous ressouvenez** : souvenez-vous.

Dom Carlos. – Allons, mon frère : un moment de douceur ne fait aucune injure à la sévérité de notre devoir.

Scène 5

Dom Juan, Sganarelle

Dom Juan. – Holà, hé, Sganarelle !

Sganarelle. – Plaît-il ?

Dom Juan. – Comment ? coquin, tu fuis quand on m'attaque ?

Sganarelle. – Pardonnez-moi, Monsieur ; je viens seulement d'ici près. Je crois que cet habit est purgatif[1], et que c'est prendre médecine[2] que de le porter.

Dom Juan. – Peste soit l'insolent ! Couvre au moins ta poltronnerie[3] d'un voile plus honnête. Sais-tu bien qui est celui à qui j'ai sauvé la vie ?

Sganarelle. – Moi ? Non.

Dom Juan. – C'est un frère d'Elvire.

Sganarelle. – Un…

Dom Juan. – Il est assez[4] honnête homme, il en a bien usé, et j'ai regret d'avoir démêlé[5] avec lui.

---

1. **Purgatif** : laxatif, qui a la propriété de vider le contenu de l'intestin.
2. **Prendre médecine** : comme prendre un médicament.
3. **Poltronnerie** : lâcheté.
4. **Assez** : tout à fait.
5. **D'avoir démêlé** : de m'être querellé.

Sganarelle. – Il vous serait aisé de pacifier toutes choses.

Dom Juan. – Oui ; mais ma passion est usée pour Done Elvire, et l'engagement ne compatit point avec mon humeur[1]. J'aime la liberté en amour, tu le sais, et je ne saurais me résoudre à renfermer mon cœur entre quatre murailles. Je te l'ai dit vingt fois, j'ai une pente[2] naturelle à me laisser aller à tout ce qui m'attire. Mon cœur est à toutes les belles, et c'est à elles à le prendre tour à tour et à le garder tant qu'elles le pourront. Mais quel est le superbe édifice que je vois entre ces arbres ?

Sganarelle. – Vous ne le savez pas ?

Dom Juan. – Non, vraiment.

Sganarelle. – Bon ! c'est le tombeau que le Commandeur faisait faire lorsque vous le tuâtes.

Dom Juan. – Ah ! tu as raison. Je ne savais pas que c'était de ce côté-ci qu'il était. Tout le monde m'a dit des merveilles de cet ouvrage, aussi bien que de la statue du Commandeur, et j'ai envie de l'aller voir.

Sganarelle. – Monsieur, n'allez point là.

Dom Juan. – Pourquoi ?

Sganarelle. – Cela n'est pas civil[3], d'aller voir un homme que vous avez tué.

Dom Juan. – Au contraire, c'est une visite dont je lui veux faire civilité, et qu'il doit recevoir de bonne grâce, s'il est galant homme. Allons, entrons dedans.

---

1. **Ne compatit point avec mon humeur** : n'est pas compatible avec mon tempérament.
2. **Pente** : tendance.
3. **Civil** : poli, courtois.

Le tombeau s'ouvre, où l'on voit un superbe mausolée[1] *et la statue du Commandeur.*

SGANARELLE. – Ah ! que cela est beau ! Les belles statues ! le beau marbre ! les beaux piliers ! Ah ! que cela est beau ! Qu'en dites-vous, Monsieur ?

DOM JUAN. – Qu'on ne peut voir aller plus loin l'ambition d'un homme mort ; et ce que je trouve admirable, c'est qu'un homme qui s'est passé[2], durant sa vie, d'une assez simple demeure, en veuille avoir une si magnifique pour quand il n'en a plus que faire.

SGANARELLE. – Voici la statue du Commandeur.

DOM JUAN. – Parbleu[3] ! le voilà bon, avec son habit d'empereur romain !

SGANARELLE. – Ma foi, Monsieur, voilà qui est bien fait. Il semble qu'il est en vie, et qu'il s'en va parler. Il jette des regards sur nous qui me feraient peur, si j'étais tout seul, et je pense qu'il ne prend pas plaisir de nous voir.

DOM JUAN. – Il aurait tort, et ce serait mal recevoir l'honneur que je lui fais. Demande-lui s'il veut venir souper[4] avec moi.

SGANARELLE. – C'est une chose dont il n'a pas besoin, je crois.

DOM JUAN. – Demande-lui, te dis-je.

SGANARELLE. – Vous moquez-vous ? Ce serait être fou que d'aller parler à une statue.

DOM JUAN. – Fais ce que je te dis.

SGANARELLE. – Quelle bizarrerie ! Seigneur Commandeur… je ris de ma sottise, mais c'est mon maître qui me la fait faire. Seigneur

1. **Mausolée** : monument funéraire richement décoré.
2. **Qui s'est passé** : qui s'est contenté.
3. **Parbleu** : juron.
4. **Souper** : dîner.

Illustration pour *Dom Juan*, gravure, XVIIe siècle.

Commandeur, mon maître Dom Juan vous demande si vous voulez lui faire l'honneur de venir souper avec lui. *(La Statue baisse la tête.)* Ha!

Dom Juan. – Qu'est-ce? qu'as-tu? Dis donc, veux-tu parler?

Sganarelle *fait le même signe que lui a fait la Statue et baisse la tête.* – La Statue…

Dom Juan. – Eh bien! que veux-tu dire, traître?

Sganarelle. – Je vous dis que la Statue…

Dom Juan. – Eh bien! la Statue? je t'assomme, si tu ne parles.

Sganarelle. – La Statue m'a fait signe.

Dom Juan. – La peste le coquin!

Sganarelle. – Elle m'a fait signe, vous dis-je: il n'est rien de plus vrai. Allez-vous-en lui parler vous-même pour voir. Peut-être…

Dom Juan. – Viens, maraud[1], viens, je te veux bien faire toucher au doigt ta poltronnerie. Prends garde. Le Seigneur Commandeur voudrait-il venir souper avec moi?

La Statue baisse encore la tête.

Sganarelle. – Je ne voudrais pas en tenir dix pistoles[2]. Eh bien! Monsieur?

Dom Juan. – Allons, sortons d'ici.

Sganarelle. – Voilà de mes esprits forts, qui ne veulent rien croire.

---

1. **Maraud**: vaurien.
2. **En tenir dix pistoles**: parier dix pistoles (anciennes pièces de monnaie) sur la venue ou non du Commandeur.

Arrêt sur lecture 3

Pour comprendre l'essentiel

Une série d'aventures

1 Au début de l'acte III, les spectateurs retrouvent Dom Juan et Sganarelle en fuite dans une forêt. Rappelez la raison de cette fuite.

2 Le dynamisme de cet acte repose sur les rebondissements des scènes 3, 4 et 5. Expliquez quelles sont ces péripéties.

3 Les lieux qui composent le décor de l'acte sont propices à l'aventure. Dites pourquoi en expliquant ce que chacun d'eux évoque.

Un acte aux tonalités variées

4 Dans la scène 1, la tonalité comique domine. Identifiez-en les différentes formes.

5 Les scènes 3 et 4 rappellent des scènes de tragédie. Expliquez pour quelles raisons. Dites à quelles tragédies du XVIIe siècle elles peuvent vous faire penser.

6 Après avoir effectué des recherches sur Internet ou au CDI, proposez une définition du genre fantastique. Mettez ensuite en évidence les éléments qui apparentent la scène 5 de l'acte III à ce genre.

Le rejet des croyances et du surnaturel

7 Sans jamais affirmer explicitement qu'il ne croit pas en Dieu, Dom Juan témoigne, par son comportement, de son rejet des croyances religieuses. Montrez-le en vous appuyant sur les deux premières scènes de cet acte.

8 Dans la scène 5, Dom Juan est confronté à la possible existence du surnaturel. Dites si son comportement vous paraît conforme à ses idées matérialistes (les matérialistes expliquent les phénomènes sans recourir à une explication divine ou métaphysique).

9 Dès les premières représentations de la pièce, des religieux l'ont critiquée pour immoralité, s'attaquant notamment au personnage de Sganarelle. Expliquez en quoi son caractère et son comportement dans cet acte ont pu nourrir ces critiques.

✔ *Rappelez-vous !*

• Le **théâtre classique** se caractérise par le respect de plusieurs conventions. Parmi celles-ci, la **règle des trois unités** suppose qu'une pièce raconte une seule action, en une seule journée et en un seul lieu. **L'acte III enfreint deux de ces règles**. Dans la dernière scène, la forêt laisse place à un tombeau qui s'ouvre (pas d'unité de lieu). De plus, l'invitation du Commandeur esquisse une intrigue secondaire; la satire des médecins, la dispute sur l'incroyance, la rencontre avec le pauvre constituent, elles, des intermèdes relativement détachés de l'intrigue principale (pas d'unité d'action).

• Le théâtre classique se reconnaît aussi à l'absence de mélange des genres et des registres. Or **l'acte III mêle les registres comique et tragique et introduit le fantastique**. Cette hétérogénéité rapproche *Dom Juan* du **théâtre baroque**, antérieur au classicisme, et plus particulièrement du genre de la tragi-comédie (voir fiche 9, p. 147-148).

Vers l'oral du Bac

Explication linéaire de la scène 1 de l'acte III (p. 63-65)

→ *De quelle manière est exposée la pensée libertine dans cet extrait ?*

Conseils pour la lecture à voix haute

– Dans la première partie du texte, lisez les répliques de Sganarelle en mettant en évidence le fait qu'il gagne en assurance au fur et à mesure de l'échange. Les premières questions seront posées sur un ton craintif, légèrement inquiet, puis l'indignation s'imposera.

– Adoptez un débit soutenu pour les tirades de Sganarelle afin de traduire l'emballement de sa pensée, sa difficulté à maîtriser le langage et à proposer un exposé rigoureux. Faites ainsi transparaître le comique de la scène.

– Donnez à entendre l'indifférence de Dom Juan à l'égard des croyances en adoptant un ton détaché, légèrement hautain.

Explication linéaire du texte

Introduction

Après avoir été présenté comme un séducteur, Dom Juan apparaît, dans l'acte III, comme un libertin et un libre-penseur. Comme l'avait annoncé Sganarelle en faisant son portrait dans la scène d'exposition, son maître est « un Hérétique, qui ne croit ni Ciel, ni saint, ni Dieu, ni loup-garou » (l. 1). Il refuse, en effet, d'admettre les croyances communément admises et les considère comme des superstitions. Il s'oppose également aux dogmes et ne se laisse dicter sa conduite ni par une instance religieuse (le catholicisme), ni par un code moral (l'idéal de l'honnête homme), ni par une appartenance sociale (la noblesse). Dans cette scène, Sganarelle invite son maître à exposer ses idées et à clarifier ses positions philosophiques et métaphysiques. Cette scène fut censurée au XVIIe siècle, non pas tant pour les propos tenus par Dom Juan, qui domine l'échange justement en gardant le silence, que par la manière ridicule dont le valet, joué en 1665 par Molière lui-même, défend la religion. Ainsi, nous nous demanderons en quoi le recours au théâtre permet d'exposer la pensée libertine. Nous nous attacherons, tout d'abord, à montrer en quoi le questionnement de Sganarelle est ambigu, avant de mettre en évidence le fait qu'il est un piètre défenseur de la religion, pour, enfin, faire apparaître comment les idées libertines sont valorisées dans cette scène.

Explication guidée

I. Lignes 56 à 75 : Un questionnement ambigu

a. Comment le but de Sganarelle transparaît-il dans ses questions ? De quelle manière expose-t-il son objectif ?

b. Quel glissement s'opère dans les figures d'autorité que Sganarelle convoque ? Quel défaut du valet cela révèle-t-il ?

c. Que dévoilent les réponses de Dom Juan sur sa manière de penser ?

II. Lignes 75 à 97 : Un piètre défenseur de la religion

a. Comment Sganarelle exprime-t-il son désaccord vis-à-vis de la position de son maître ?

b. Quelle valeur Sganarelle oppose-t-il à l'incrédulité ? En quoi cela discrédite-t-il d'emblée son raisonnement ?

c. En quoi la suite de la tirade donne-t-elle à voir un emballement de la pensée et du discours ?

III. Lignes 98 à 106 : La valorisation des idées libertines

a. De quelle manière Sganarelle feint-il de débattre avec son maître ?

b. Qu'est-ce qui ôte toute crédibilité à son raisonnement et confère une tonalité comique au passage ?

c. Quels sont les différents types de comique convoqués à la fin de l'extrait ? En quoi permettent-ils de clore la discussion ?

Conclusion

La liberté de pensée de Dom Juan ne fait plus de doute à l'issue de cette confrontation. Ses idées, si elles ne sont pas développées, dominent cependant du fait du ridicule de Sganarelle et de l'absurdité des raisonnements qu'il emploie pour convaincre son maître du bien-fondé de ses croyances. Ainsi, ses questions révèlent sa superstition plus qu'elles ne défendent la religion : il fonde ses arguments sur l'ignorance et multiplie les démonstrations irrationnelles. Les premiers spectateurs de la pièce ne s'y sont pas trompés, et la pièce fait scandale. C'est ce que met en évidence le prince de Conti lorsqu'il soutient que la pièce « fait dire toutes les impiétés les plus horribles à un athée qui a beaucoup d'esprit, confie la cause de Dieu à un valet à qui il fait dire pour la soutenir toutes les impertinences du monde ». Même si le dénouement semble punir le libertin, l'invraisemblance de l'intervention divine laisse planer le doute sur l'intention du dramaturge.

Question de grammaire

Relevez et analysez les phrases interrogatives présentes dans les lignes 56 à 73.

ACTE IV[1]

Scène 1

DOM JUAN, SGANARELLE

DOM JUAN. – Quoi qu'il en soit, laissons cela : c'est une bagatelle[2], et nous pouvons avoir été trompés par un faux jour, ou surpris de quelque vapeur qui nous ait troublé la vue.

SGANARELLE. – Eh ! Monsieur, ne cherchez point à démentir ce que nous avons vu des yeux que voilà. Il n'est rien de plus véritable que ce signe de tête ; et je ne doute point que le Ciel, scandalisé de votre vie, n'ait produit ce miracle pour vous convaincre, et pour vous retirer de…

DOM JUAN. – Écoute. Si tu m'importunes[3] davantage de tes sottes moralités, si tu me dis encore le moindre mot là-dessus, je vais appeler quelqu'un, demander un nerf de bœuf[4], te faire tenir par trois ou quatre, et te rouer[5] de mille coups. M'entends-tu bien ?

SGANARELLE. – Fort bien, Monsieur, le mieux du monde. Vous vous expliquez clairement ; c'est ce qu'il y a de bon en vous, que vous

1. Dans le contrat passé avec les peintres (voir note 1, p. 11), le décor prévu pour l'acte IV est le suivant : « Une chambre ».
2. **Bagatelle** : chose sans importance.
3. **Si tu m'importunes** : si tu me déranges, si tu m'exaspères.
4. **Nerf de bœuf** : fouet.
5. **Rouer** : battre violemment.

n'allez point chercher de détours: vous dites les choses avec une netteté admirable.

Dom Juan. – Allons, qu'on me fasse souper le plus tôt que l'on pourra. Une chaise, petit garçon.

Scène 2

DOM JUAN, LA VIOLETTE, SGANARELLE

La Violette. – Monsieur, voilà votre marchand, M. Dimanche, qui demande à vous parler.

Sganarelle. – Bon, voilà ce qu'il nous faut, qu'un compliment de créancier[1]. De quoi s'avise-t-il de nous venir demander de l'argent, et que ne lui disais-tu que Monsieur n'y est pas?

La Violette. – Il y a trois quarts d'heure que je lui dis; mais il ne veut pas le croire, et s'est assis là-dedans pour attendre.

Sganarelle. – Qu'il attende, tant qu'il voudra.

Dom Juan. – Non, au contraire, faites-le entrer. C'est une fort mauvaise politique que de se faire celer[2] aux créanciers. Il est bon de les payer de quelque chose, et j'ai le secret de les renvoyer satisfaits sans leur donner un double.

1. **Créancier**: personne à qui on doit de l'argent.
2. **Celer**: cacher.

Scène 3

DOM JUAN, M. DIMANCHE, SGANARELLE, SUITE

DOM JUAN, *faisant de grandes civilités.* – Ah ! Monsieur Dimanche, approchez. Que je suis ravi de vous voir, et que je veux de mal à mes gens de ne vous pas faire entrer d'abord[1] ! J'avais donné ordre qu'on ne me fit parler personne ; mais cet ordre n'est pas pour vous, et vous êtes en droit de ne trouver jamais de porte fermée chez moi.

M. DIMANCHE. – Monsieur, je vous suis fort obligé.

DOM JUAN, *parlant à ses laquais.* – Parbleu ! coquins, je vous apprendrai à laisser M. Dimanche dans une antichambre[2], et je vous ferai connaître les gens.

M. DIMANCHE. – Monsieur, cela n'est rien.

DOM JUAN. – Comment ? vous dire que je n'y suis pas, à M. Dimanche, au meilleur de mes amis ?

M. DIMANCHE. – Monsieur, je suis votre serviteur[3]. J'étais venu…

DOM JUAN. – Allons vite, un siège pour M. Dimanche.

M. DIMANCHE. – Monsieur, je suis bien comme cela.

DOM JUAN. – Point, point, je veux que vous soyez assis contre moi[4].

M. DIMANCHE. – Cela n'est point nécessaire.

DOM JUAN. – Ôtez ce pliant[5], et apportez un fauteuil.

M. DIMANCHE. – Monsieur, vous vous moquez, et…

---

1. **D'abord** : immédiatement.
2. **Antichambre** : pièce d'entrée d'un logement.
3. **Je suis votre serviteur** : formule de politesse signifiant « je vous remercie ».
4. **Contre moi** : près de moi.
5. **Pliant** : siège pliant (réservé aux visiteurs de rang inférieur, par opposition au fauteuil).

Dom Juan. – Non, non, je sais ce que je vous dois, et je ne veux point qu'on mette de différence entre nous deux.

M. Dimanche. – Monsieur…

Dom Juan. – Allons, asseyez-vous.

M. Dimanche. – Il n'est pas besoin, Monsieur, et je n'ai qu'un mot à vous dire. J'étais…

Dom Juan. – Mettez-vous là, vous dis-je.

M. Dimanche. – Non, Monsieur, je suis bien. Je viens pour…

Dom Juan. – Non, je ne vous écoute point si vous n'êtes assis.

M. Dimanche. – Monsieur, je fais ce que vous voulez. Je…

Dom Juan. – Parbleu ! Monsieur Dimanche, vous vous portez bien.

M. Dimanche. – Oui, Monsieur, pour vous rendre service. Je suis venu…

Dom Juan. – Vous avez un fonds de santé admirable, des lèvres fraîches, un teint vermeil[1], et des yeux vifs.

M. Dimanche. – Je voudrais bien…

Dom Juan. – Comment se porte Mme Dimanche, votre épouse ?

M. Dimanche. – Fort bien, Monsieur, Dieu merci.

Dom Juan. – C'est une brave femme.

M. Dimanche. – Elle est votre servante, Monsieur. Je venais…

Dom Juan. – Et votre petite fille Claudine, comment se porte-t-elle ?

M. Dimanche. – Le mieux du monde.

Dom Juan. – La jolie petite fille que c'est ! je l'aime de tout mon cœur.

---

1. **Vermeil** : ici, éclatant.

M. DIMANCHE. – C'est trop d'honneur que vous lui faites, Monsieur. Je vous…

DOM JUAN. – Et le petit Colin, fait-il toujours bien du bruit avec son tambour ?

M. DIMANCHE. – Toujours de même, Monsieur. Je…

DOM JUAN. – Et votre petit chien Brusquet ? gronde-t-il toujours aussi fort, et mord-il toujours bien aux jambes les gens qui vont chez vous ?

M. DIMANCHE. – Plus que jamais, Monsieur, et nous ne saurions en chevir[1].

DOM JUAN. – Ne vous étonnez pas si je m'informe des nouvelles de toute la famille, car j'y prends beaucoup d'intérêt.

M. DIMANCHE. – Nous vous sommes, Monsieur, infiniment obligés. Je…

DOM JUAN, *lui tendant la main.* – Touchez donc là, Monsieur Dimanche. Êtes-vous bien de mes amis ?

M. DIMANCHE. – Monsieur, je suis votre serviteur.

DOM JUAN. – Parbleu ! je suis à vous de tout mon cœur.

M. DIMANCHE. – Vous m'honorez trop. Je…

DOM JUAN. – Il n'y a rien que je ne fisse pour vous.

M. DIMANCHE. – Monsieur, vous avez trop de bonté pour moi.

DOM JUAN. – Et cela sans intérêt[2], je vous prie de le croire.

M. DIMANCHE. – Je n'ai point mérité cette grâce assurément. Mais, Monsieur…

DOM JUAN. – Oh ! çà, Monsieur Dimanche, sans façon, voulez-vous souper avec moi ?

---

1. **En chevir** : le maîtriser.
2. **Sans intérêt** : sans être intéressé, sans arrière-pensée.

M. Dimanche. – Non, Monsieur, il faut que je m'en retourne tout à l'heure. Je…

Dom Juan, *se levant.* – Allons, vite un flambeau pour conduire M. Dimanche et que quatre ou cinq de mes gens prennent des mousquetons pour l'escorter[1].

M. Dimanche, *se levant de même.* – Monsieur, il n'est pas nécessaire, et je m'en irai bien tout seul. Mais…

Sganarelle ôte les sièges promptement.

Dom Juan. – Comment ? Je veux qu'on vous escorte, et je m'intéresse trop à votre personne. Je suis votre serviteur, et de plus votre débiteur[2].

M. Dimanche. – Ah ! Monsieur…

Dom Juan. – C'est une chose que je ne cache pas, et je le dis à tout le monde.

M. Dimanche. – Si…

Dom Juan. – Voulez-vous que je vous reconduise ?

M. Dimanche. – Ah ! Monsieur, vous vous moquez, Monsieur…

Dom Juan. – Embrassez-moi[3] donc, s'il vous plaît. Je vous prie encore une fois d'être persuadé que je suis tout à vous, et qu'il n'y a rien au monde que je ne fisse pour votre service. *(Il sort.)*

Sganarelle. – Il faut avouer que vous avez en Monsieur un homme qui vous aime bien.

M. Dimanche. – Il est vrai ; il me fait tant de civilités et tant de compliments que je ne saurais jamais lui demander de l'argent.

---

1. **Mousquetons** : petits fusils ; **l'escorter** : le protéger, l'accompagner.
2. **Débiteur** : personne qui doit de l'argent à une autre.
3. **Embrassez-moi** : prenons-nous dans les bras (geste inhabituel entre personnes de condition sociale différente).

Sganarelle. – Je vous assure que toute sa maison[1] périrait pour vous ; et je voudrais qu'il vous arrivât quelque chose, que quelqu'un s'avisât de vous donner des coups de bâton ; vous verriez de quelle manière…

M. Dimanche. – Je le crois ; mais, Sganarelle, je vous prie de lui dire un petit mot de mon argent.

Sganarelle. – Oh ! ne vous mettez pas en peine, il vous payera le mieux du monde.

M. Dimanche. – Mais vous, Sganarelle, vous me devez quelque chose en votre particulier[2].

Sganarelle. – Fi[3] ! ne parlez pas de cela.

M. Dimanche. – Comment ? Je…

Sganarelle. – Ne sais-je pas bien que je vous dois ?

M. Dimanche. – Oui, mais…

Sganarelle. – Allons, Monsieur Dimanche, je vais vous éclairer.

M. Dimanche. – Mais mon argent…

Sganarelle, *prenant M. Dimanche par le bras.* – Vous moquez-vous ?

M. Dimanche. – Je veux…

Sganarelle, *le tirant.* – Eh !

M. Dimanche. – J'entends…

Sganarelle, *le poussant.* – Bagatelles.

M. Dimanche. – Mais…

---

1. **Maison** : ensemble des personnes qui vivent sous le même toit (famille et domestiques).
2. **En votre particulier** : de votre côté, vous-même.
3. **Fi** : interjection exprimant le mépris ou l'indignation.

SGANARELLE, *le poussant.* – Fi !

M. DIMANCHE. – Je…

SGANARELLE, *le poussant tout à fait hors du théâtre.* – Fi ! vous dis-je.

Scène 4

DOM LOUIS, DOM JUAN, LA VIOLETTE, SGANARELLE

LA VIOLETTE. – Monsieur, voilà Monsieur votre père.

DOM JUAN. – Ah ! me voici bien : il me fallait cette visite pour me faire enrager.

DOM LOUIS. – Je vois bien que je vous embarrasse et que vous vous passeriez fort aisément de ma venue. À dire vrai, nous nous incommodons étrangement[1] l'un et l'autre ; et si vous êtes las[2] de me voir, je suis bien las aussi de vos déportements[3]. Hélas ! que nous savons peu ce que nous faisons quand nous ne laissons pas au Ciel le soin des choses qu'il nous faut, quand nous voulons être plus avisés[4] que lui, et que nous venons à l'importuner par nos souhaits aveugles et nos demandes inconsidérées ! J'ai souhaité un fils avec des ardeurs nonpareilles[5] ; je l'ai demandé sans relâche avec des transports incroyables ; et ce fils, que j'obtiens en fatiguant le Ciel de vœux, est le chagrin et le supplice[6] de cette vie même dont je

1. **Nous nous incommodons étrangement** : nous nous dérangeons beaucoup.
2. **Las** : lassé, ennuyé.
3. **Déportements** : mauvais comportements.
4. **Avisés** : sensés, intelligents.
5. **Nonpareilles** : sans égales.
6. **Supplice** : torture, cause d'une vive souffrance.

croyais qu'il devait être la joie et la consolation. De quel œil, à votre avis, pensez-vous que je puisse voir cet amas d'actions indignes, dont on a peine, aux yeux du monde, d'adoucir le mauvais visage[1], cette suite continuelle de méchantes affaires, qui nous réduisent, à toutes heures, à lasser les bontés du Souverain, et qui ont épuisé auprès de lui le mérite de mes services et le crédit de mes amis[2] ? Ah ! quelle bassesse est la vôtre ! Ne rougissez-vous point de mériter si peu votre naissance ? Êtes-vous en droit, dites-moi, d'en tirer quelque vanité[3] ? Et qu'avez-vous fait dans le monde pour être gentilhomme ? Croyez-vous qu'il suffise d'en porter le nom et les armes[4], et que ce nous soit une gloire d'être sorti d'un sang noble lorsque nous vivons en infâmes[5] ? Non, non, la naissance n'est rien où la vertu n'est pas. Aussi nous n'avons part à la gloire de nos ancêtres qu'autant que nous nous efforçons de leur ressembler ; et cet éclat de leurs actions qu'ils répandent sur nous nous impose un engagement de leur faire le même honneur, de suivre les pas qu'ils nous tracent, et de ne point dégénérer de[6] leurs vertus, si nous voulons être estimés[7] leurs véritables descendants. Ainsi vous descendez en vain des aïeux dont vous êtes né : ils vous désavouent pour leur sang[8], et tout ce qu'ils ont fait d'illustre ne vous donne aucun avantage ; au contraire, l'éclat n'en rejaillit sur vous qu'à votre déshonneur, et leur gloire est un flambeau qui éclaire aux yeux d'un chacun la honte de vos actions. Apprenez enfin qu'un gentilhomme qui vit mal est un monstre dans la nature, que la vertu est le premier titre de noblesse, que je regarde bien moins au nom qu'on signe qu'aux actions qu'on fait, et que je ferais plus d'état[9] du fils d'un

1. **Le mauvais visage** : la mauvaise image.
2. **Le mérite de mes services et le crédit de mes amis** : la reconnaissance qu'il avait pour les services que je lui ai rendus et la confiance qu'il accordait à mes amis.
3. **Vanité** : prétention, fierté.
4. **Armes** : emblèmes d'une famille noble.
5. **En infâmes** : comme des personnes méprisables.
6. **Dégénérer de** : corrompre, dégrader.
7. **Être estimés** : être considérés comme.
8. **Ils vous désavouent pour leur sang** : ils vous renient en tant que descendance.
9. **Je ferais plus d'état de** : j'aurais plus de considération pour.

crocheteur[1] qui serait honnête homme que du fils d'un monarque qui vivrait comme vous.

Dom Juan. – Monsieur, si vous étiez assis, vous en seriez mieux pour parler.

Dom Louis. – Non, insolent, je ne veux point m'asseoir, ni parler davantage, et je vois bien que toutes mes paroles ne font rien sur ton âme. Mais sache, fils indigne, que la tendresse paternelle est poussée à bout par tes actions, que je saurai, plus tôt que tu ne penses, mettre une borne[2] à tes dérèglements, prévenir[3] sur toi le courroux du Ciel, et laver par ta punition la honte de t'avoir fait naître. *(Il sort.)*

Scène 5

Dom Juan, Sganarelle

Dom Juan. – Eh ! mourez le plus tôt que vous pourrez, c'est le mieux que vous puissiez faire. Il faut que chacun ait son tour, et j'enrage de voir des pères qui vivent autant que leurs fils[4]. *(Il se met dans son fauteuil.)*

Sganarelle. – Ah ! Monsieur, vous avez tort.

Dom Juan. – J'ai tort ?

---

1. **Crocheteur** : personne dont le métier est de porter des fardeaux (à l'aide de crochets).
2. **Borne** : limite.
3. **Prévenir** : empêcher.
4. En souhaitant la mort de son père, Dom Juan enfreint l'un des dix commandements de l'Ancien Testament, « Père et mère tu honoreras ».

SGANARELLE. – Monsieur…

DOM JUAN *se lève de son siège.* – J'ai tort ?

SGANARELLE. – Oui, Monsieur, vous avez tort d'avoir souffert ce qu'il vous a dit, et vous le deviez mettre dehors par les épaules. A-t-on jamais rien vu de plus impertinent ? Un père venir faire des remontrances à son fils, et lui dire de corriger ses actions, de se ressouvenir de sa naissance, de mener une vie d'honnête homme, et cent autres sottises de pareille nature ! Cela se peut-il souffrir à un homme comme vous, qui savez comme il faut vivre ? J'admire votre patience ; et si j'avais été en votre place, je l'aurais envoyé promener. Ô complaisance[1] maudite ! à quoi me réduis-tu ?

DOM JUAN. – Me fera-t-on souper bientôt ?

Scène 6

DOM JUAN, DONE ELVIRE, RAGOTIN, SGANARELLE

RAGOTIN. – Monsieur, voici une dame voilée qui vient vous parler.

DOM JUAN. – Que pourrait-ce être ?

SGANARELLE. – Il faut voir.

DONE ELVIRE. – Ne soyez point surpris, Dom Juan, de me voir à cette heure et dans cet équipage. C'est un motif pressant qui m'oblige à cette visite, et ce que j'ai à vous dire ne veut point du tout de retardement. Je ne viens point ici pleine de ce courroux que j'ai tantôt fait éclater, et vous me voyez bien changée de ce que j'étais

1. **Complaisance** : désir de plaire, caractère arrangeant.

ce matin. Ce n'est plus cette Done Elvire qui faisait des vœux contre vous, et dont l'âme irritée ne jetait que menaces et ne respirait que vengeance. Le Ciel a banni de mon âme toutes ces indignes ardeurs que je sentais pour vous, tous ces transports tumultueux d'un attachement criminel, tous ces honteux emportements d'un amour terrestre[1] et grossier; et il n'a laissé dans mon cœur pour vous qu'une flamme épurée de tout le commerce des sens[2], une tendresse toute sainte, un amour détaché de tout, qui n'agit point pour soi, et ne se met en peine que de votre intérêt.

DOM JUAN, *à Sganarelle.* – Tu pleures, je pense.

SGANARELLE. – Pardonnez-moi.

DONE ELVIRE. – C'est ce parfait et pur amour qui me conduit ici pour votre bien, pour vous faire part d'un avis du Ciel, et tâcher de vous retirer du précipice où vous courez. Oui, Dom Juan, je sais tous les dérèglements de votre vie, et ce même Ciel, qui m'a touché le cœur et fait jeter les yeux sur les égarements de ma conduite, m'a inspiré de vous venir trouver, et de vous dire, de sa part, que vos offenses ont épuisé sa miséricorde[3], que sa colère redoutable est prête de tomber sur vous, qu'il est en vous de l'éviter par un prompt repentir, et que peut-être vous n'avez pas encore un jour à vous pouvoir soustraire au plus grand de tous les malheurs. Pour moi, je ne tiens plus à vous par aucun attachement du monde; je suis revenue, grâces au Ciel, de toutes mes folles pensées; ma retraite[4] est résolue, et je ne demande qu'assez de vie pour pouvoir expier[5] la faute que j'ai faite, et mériter, par une austère pénitence[6], le pardon de l'aveuglement où m'ont plongée les transports d'une passion condamnable. Mais, dans cette retraite, j'aurais une douleur extrême

1. **Terrestre**: humain, charnel, par opposition à l'amour céleste.
2. **Une flamme épurée de tout le commerce des sens**: un amour libéré de tout désir physique.
3. **Miséricorde**: pardon divin.
4. **Retraite**: entrée au couvent.
5. **Expier**: réparer une faute en s'infligeant à soi-même une peine (terme religieux).
6. **Austère pénitence**: punition sévère (terme religieux).

qu'une personne que j'ai chérie tendrement devînt un exemple funeste de la justice du Ciel ; et ce me sera une joie incroyable si je puis vous porter à détourner de dessus votre tête l'épouvantable coup qui vous menace. De grâce, Dom Juan, accordez-moi, pour dernière faveur, cette douce consolation ; ne me refusez point votre salut[1], que je vous demande avec larmes ; et si vous n'êtes point touché de votre intérêt, soyez-le au moins de mes prières, et m'épargnez le cruel déplaisir de vous voir condamner à des supplices éternels.

Sganarelle. – Pauvre femme !

Done Elvire. – Je vous ai aimé avec une tendresse extrême, rien au monde ne m'a été si cher que vous ; j'ai oublié mon devoir pour vous, j'ai fait toutes choses pour vous ; et toute la récompense que je vous en demande, c'est de corriger votre vie, et de prévenir votre perte. Sauvez-vous, je vous prie, ou pour l'amour de vous, ou pour l'amour de moi. Encore une fois, Dom Juan, je vous le demande avec larmes ; et si ce n'est assez des larmes d'une personne que vous avez aimée, je vous en conjure[2] par tout ce qui est le plus capable de vous toucher.

Sganarelle. – Cœur de tigre !

Done Elvire. – Je m'en vais, après ce discours, et voilà tout ce que j'avais à vous dire.

Dom Juan. – Madame, il est tard, demeurez ici : on vous y logera le mieux qu'on pourra.

Done Elvire. – Non, Dom Juan, ne me retenez pas davantage.

Dom Juan. – Madame, vous me ferez plaisir de demeurer, je vous assure.

1. **Salut** : fait d'être sauvé (terme religieux).
2. **Je vous en conjure** : je vous en supplie.

DONE ELVIRE. – Non, vous dis-je, ne perdons point de temps en discours superflus. Laissez-moi vite aller, ne faites aucune instance[1] pour me conduire, et songez seulement à profiter de mon avis.

Scène 7

DOM JUAN, SGANARELLE, SUITE

DOM JUAN. – Sais-tu bien que j'ai encore senti quelque peu d'émotion pour elle, que j'ai trouvé de l'agrément[2] dans cette nouveauté bizarre, et que son habit négligé[3], son air languissant[4] et ses larmes ont réveillé en moi quelques petits restes d'un feu éteint?

SGANARELLE. – C'est-à-dire que ses paroles n'ont fait aucun effet sur vous.

DOM JUAN. – Vite à souper.

SGANARELLE. – Fort bien.

DOM JUAN, *se mettant à table.* – Sganarelle, il faut songer à s'amender[5] pourtant.

SGANARELLE. – Oui dea[6] !

DOM JUAN. – Oui, ma foi ! il faut s'amender ; encore vingt ou trente ans de cette vie-ci, et puis nous songerons à nous.

---

1. **Ne faites aucune instance** : n'insistez pas.
2. **Agrément** : plaisir.
3. **Négligé** : peu soigné, sans coquetterie apparente.
4. **Languissant** : épuisé et mélancolique.
5. **S'amender** : se corriger.
6. **Oui dea** : oui vraiment (formule d'insistance).

SGANARELLE. – Oh !

DOM JUAN. – Qu'en dis-tu ?

SGANARELLE. – Rien. Voilà le souper.

Il prend un morceau d'un des plats qu'on apporte et le met dans sa bouche.

DOM JUAN. – Il me semble que tu as la joue enflée ; qu'est-ce que c'est ? Parle donc, qu'as-tu là ?

SGANARELLE. – Rien.

DOM JUAN. – Montre un peu. Parbleu ! c'est une fluxion[1] qui lui est tombée sur la joue. Vite une lancette[2] pour percer cela. Le pauvre garçon n'en peut plus, et cet abcès le pourrait étouffer. Attends : voyez comme il était mûr. Ah ! coquin que vous êtes !

SGANARELLE. – Ma foi ! Monsieur, je voulais voir si votre cuisinier n'avait point mis trop de sel ou trop de poivre.

DOM JUAN. – Allons, mets-toi là, et mange. J'ai affaire de toi[3] quand j'aurai soupé. Tu as faim à ce que je vois.

SGANARELLE *se met à table.* – Je le crois bien, Monsieur : je n'ai point mangé depuis ce matin. Tâtez de cela, voilà qui est le meilleur du monde.

Un laquais ôte les assiettes de Sganarelle d'abord qu'il y a dessus à manger.

Mon assiette, mon assiette ! tout doux, s'il vous plaît. Vertubleu[4] ! petit compère, que vous êtes habile à donner des assiettes nettes ! et vous, petit la Violette, que vous savez présenter à boire à propos !

1. **Fluxion** : inflammation.
2. **Lancette** : instrument chirurgical utilisé pour pratiquer des incisions.
3. **J'ai affaire de toi** : j'aurai besoin de toi.
4. **Vertubleu** : juron.

Moreau le Jeune, illustration pour *Dom Juan*, gravure, XVIIIe siècle.

Pendant qu'un laquais donne à boire à Sganarelle, l'autre laquais ôte encore son assiette.

DOM JUAN. – Qui peut frapper de cette sorte ?

SGANARELLE. – Qui diable nous vient troubler dans notre repas ?

DOM JUAN. – Je veux souper en repos au moins, et qu'on ne laisse entrer personne.

SGANARELLE. – Laissez-moi faire, je m'y en vais moi-même.

DOM JUAN. – Qu'est-ce donc ? Qu'y a-t-il ?

SGANARELLE, *baissant la tête comme a fait la Statue.* – Le… qui est là !

DOM JUAN. – Allons voir, et montrons que rien ne me saurait ébranler[1].

SGANARELLE. – Ah ! pauvre Sganarelle, où te cacheras-tu ?

Scène 8

DOM JUAN, LA STATUE DU COMMANDEUR, *qui vient se mettre à table,* SGANARELLE, SUITE

DOM JUAN. – Une chaise et un couvert, vite donc. *(À Sganarelle.)* Allons, mets-toi à table.

SGANARELLE. – Monsieur, je n'ai plus de faim.

1. **Ébranler** : faire trembler.

Dom Juan. – Mets-toi là, te dis-je. À boire. À la santé du Commandeur : je te la porte[1], Sganarelle. Qu'on lui donne du vin.

Sganarelle. – Monsieur, je n'ai pas soif.

Dom Juan. – Bois, et chante ta chanson, pour régaler le Commandeur.

Sganarelle. – Je suis enrhumé, Monsieur.

Dom Juan. – Il n'importe. Allons. Vous autres, venez, accompagnez sa voix.

La Statue. – Dom Juan, c'est assez. Je vous invite à venir demain souper avec moi. En aurez-vous le courage ?

Dom Juan. – Oui, j'irai, accompagné du seul Sganarelle.

Sganarelle. – Je vous rends grâce, il est demain jeûne[2] pour moi.

Dom Juan, *à Sganarelle.* – Prends ce flambeau.

La Statue. – On n'a pas besoin de lumière, quand on est conduit par le Ciel.

---

1. **Je te la porte** : à ta santé.
2. **Il est demain jeûne** : demain est jour de jeûne, c'est-à-dire de privation de nourriture (le jeûne est une pratique religieuse).

ACTE V[1]

Scène 1

DOM LOUIS, DOM JUAN, SGANARELLE

DOM LOUIS. – Quoi ? mon fils, serait-il possible que la bonté du Ciel eût exaucé mes vœux ? Ce que vous me dites est-il bien vrai ? ne m'abusez-vous point d'un faux espoir, et puis-je prendre quelque assurance sur[2] la nouveauté surprenante d'une telle conversion[3] ?

DOM JUAN, *faisant l'hypocrite.* – Oui, vous me voyez revenu de toutes mes erreurs ; je ne suis plus le même d'hier au soir, et le Ciel tout d'un coup a fait en moi un changement qui va surprendre tout le monde : il a touché mon âme et dessillé[4] mes yeux, et je regarde avec horreur le long aveuglement où j'ai été, et les désordres criminels de la vie que j'ai menée. J'en repasse dans mon esprit toutes les abominations[5], et m'étonne comme le Ciel les a pu souffrir si longtemps, et n'a pas vingt fois sur ma tête laissé tomber les coups de sa justice redoutable. Je vois les grâces que sa bonté m'a faites en ne me punissant point de mes crimes ; et je prétends en profiter comme je dois, faire éclater aux yeux du monde un soudain chan-

1. Dans le contrat passé avec les peintres (voir note 1, p. 11), le décor prévu pour l'acte V est le suivant : « Une ville ».
2. **Prendre quelque assurance sur** : me fier à.
3. **Conversion** : changement d'attitude morale, adhésion à une croyance.
4. **Dessillé** : ouvert.
5. **Abominations** : actions horribles.

gement de vie, réparer par-là le scandale[1] de mes actions passées, et m'efforcer d'en obtenir du Ciel une pleine rémission[2]. C'est à quoi je vais travailler ; et je vous prie, Monsieur, de vouloir bien contribuer à ce dessein, et de m'aider vous-même à faire choix d'une personne qui me serve de guide, et sous la conduite de qui je puisse marcher sûrement dans le chemin où je m'en vais entrer.

DOM LOUIS. – Ah ! mon fils, que la tendresse d'un père est aisément rappelée, et que les offenses d'un fils s'évanouissent vite au moindre mot de repentir ! Je ne me souviens plus déjà de tous les déplaisirs que vous m'avez donnés, et tout est effacé par les paroles que vous venez de me faire entendre. Je ne me sens pas[3], je l'avoue ; je jette des larmes de joie ; tous mes vœux sont satisfaits, et je n'ai plus rien désormais à demander au Ciel. Embrassez-moi, mon fils, et persistez, je vous conjure, dans cette louable pensée. Pour moi, j'en vais tout de ce pas porter l'heureuse nouvelle à votre mère, partager avec elle les doux transports du ravissement où je suis, et rendre grâce au Ciel des saintes résolutions qu'il a daigné vous inspirer.

Scène 2

DOM JUAN, SGANARELLE

SGANARELLE. – Ah ! Monsieur, que j'ai de joie de vous voir converti ! Il y a longtemps que j'attendais cela, et voilà, grâce au Ciel, tous mes souhaits accomplis.

1. **Scandale** : caractère indigne.
2. **Une pleine rémission** : un entier pardon.
3. **Je ne me sens pas** : je suis très heureux.

Dom Juan. – La peste le benêt[1] !

Sganarelle. – Comment, le benêt ?

Dom Juan. – Quoi ? tu prends pour de bon argent[2] ce que je viens de dire, et tu crois que ma bouche était d'accord avec mon cœur ?

Sganarelle. – Quoi ? ce n'est pas… Vous ne… Votre… Oh ! quel homme ! quel homme ! quel homme !

Dom Juan. – Non, non, je ne suis point changé, et mes sentiments sont toujours les mêmes.

Sganarelle. – Vous ne vous rendez pas à la surprenante merveille[3] de cette statue mouvante et parlante ?

Dom Juan. – Il y a bien quelque chose là-dedans que je ne comprends pas ; mais quoi que ce puisse être, cela n'est pas capable ni de convaincre mon esprit, ni d'ébranler mon âme ; et si j'ai dit que je voulais corriger ma conduite et me jeter dans un train de vie exemplaire, c'est un dessein que j'ai formé par pure politique[4], un stratagème utile, une grimace nécessaire où je veux me contraindre, pour ménager[5] un père dont j'ai besoin, et me mettre à couvert, du côté des hommes, de cent fâcheuses aventures qui pourraient m'arriver. Je veux bien, Sganarelle, t'en faire confidence, et je suis bien aise d'avoir un témoin du fond de mon âme et des véritables motifs qui m'obligent à faire les choses.

Sganarelle. – Quoi ? vous ne croyez rien du tout, et vous voulez cependant vous ériger[6] en homme de bien ?

---

1. **Benêt** : idiot, personne très naïve.
2. **Pour de bon argent** : pour argent comptant, pour des paroles fiables.
3. **Vous ne vous rendez pas à** : vous n'êtes pas convaincu par ; **merveille** : phénomène étrange, inexplicable.
4. **Politique** : ici, calcul.
5. **Ménager** : traiter avec attention pour garder les faveurs.
6. **Vous ériger** : vous présenter.

DOM JUAN. – Et pourquoi non ? Il y en a tant d'autres comme moi, qui se mêlent de ce métier, et qui se servent du même masque pour abuser le monde !

SGANARELLE. – Ah ! quel homme ! quel homme !

DOM JUAN. – Il n'y a plus de honte maintenant à cela : l'hypocrisie est un vice[1] à la mode, et tous les vices à la mode passent pour vertus. Le personnage d'homme de bien est le meilleur de tous les personnages qu'on puisse jouer aujourd'hui, et la profession[2] d'hypocrite a de merveilleux avantages. C'est un art de qui l'imposture[3] est toujours respectée ; et quoiqu'on la découvre, on n'ose rien dire contre elle. Tous les autres vices des hommes sont exposés à la censure[4], et chacun a la liberté de les attaquer hautement ; mais l'hypocrisie est un vice privilégié, qui, de sa main, ferme la bouche à tout le monde, et jouit en repos d'une impunité souveraine[5]. On lie, à force de grimaces, une société étroite avec tous les gens du parti[6]. Qui en choque un se les jette tous sur les bras ; et ceux que l'on sait même agir de bonne foi là-dessus, et que chacun connaît pour être véritablement touchés[7], ceux-là, dis-je, sont toujours les dupes[8] des autres ; ils donnent hautement dans le panneau des grimaciers et appuient aveuglément les singes[9] de leurs actions. Combien crois-tu que j'en connaisse qui, par ce stratagème, ont rhabillé adroitement les désordres de leur jeunesse, qui se sont fait un bouclier du manteau de la religion, et, sous cet habit respecté, ont la permission d'être les plus méchants hommes du monde ? On a beau savoir leurs intrigues et les connaître pour ce qu'ils sont, ils

1. **Vice** : défaut moral.
2. **Profession** : jeu sur le double sens du mot, qui désigne le métier qu'on exerce, mais aussi la déclaration publique d'une croyance (profession de foi).
3. **De qui** : dont ; **imposture** : action de tromper.
4. **Censure** : ici, condamnation morale.
5. **Impunité souveraine** : fait de pouvoir agir sans aucune crainte d'être puni.
6. **Une société étroite** : des relations intimes ; **gens du parti** : membres du parti des dévots (voir fiche 2, p. 131).
7. **Véritablement touchés** : touchés par la grâce de Dieu, vraiment croyants.
8. **Dupes** : personnes trompées.
9. **Singes** : imitateurs.

ne laissent pas[1] pour cela d'être en crédit parmi les gens ; et quelque baissement de tête, un soupir mortifié, et deux roulements d'yeux rajustent dans le monde tout ce qu'ils peuvent faire. C'est sous cet abri favorable que je veux me sauver, et mettre en sûreté mes affaires. Je ne quitterai point mes douces habitudes ; mais j'aurai soin de me cacher et me divertirai à petit bruit. Que si je viens à être découvert, je verrai, sans me remuer, prendre mes intérêts à toute la cabale[2], et je serai défendu par elle envers et contre tous. Enfin c'est là le vrai moyen de faire impunément tout ce que je voudrai. Je m'érigerai en censeur[3] des actions d'autrui, jugerai mal de tout le monde, et n'aurai bonne opinion que de moi. Dès qu'une fois on m'aura choqué tant soit peu, je ne pardonnerai jamais et garderai tout doucement une haine irréconciliable. Je ferai le vengeur des intérêts du Ciel, et, sous ce prétexte commode, je pousserai mes ennemis, je les accuserai d'impiété, et saurai déchaîner contre eux des zélés[4] indiscrets, qui, sans connaissance de cause, crieront en public contre eux, qui les accableront d'injures, et les damneront hautement de leur autorité privée. C'est ainsi qu'il faut profiter des faiblesses des hommes, et qu'un sage esprit s'accommode aux vices de son siècle.

SGANARELLE. – Ô Ciel ! qu'entends-je ici ? Il ne vous manquait plus que d'être hypocrite pour vous achever de tout point, et voilà le comble[5] des abominations. Monsieur, cette dernière-ci m'emporte et je ne puis m'empêcher de parler. Faites-moi tout ce qu'il vous plaira, battez-moi, assommez-moi de coups, tuez-moi, si vous voulez : il faut que je décharge mon cœur, et qu'en valet fidèle je vous dise ce que je dois. Sachez, Monsieur, que tant va la cruche à l'eau qu'enfin elle se brise ; et comme dit fort bien cet auteur que je ne connais pas, l'homme est en ce monde ainsi que l'oiseau sur la

1. **Ils ne laissent pas** : ils ne cessent pas.
2. **Je verrai […] prendre mes intérêts à toute la cabale** : je verrai tout le parti des dévots défendre mes intérêts (voir fiche 2, p. 131).
3. **Censeur** : juge des comportements.
4. **Zélés** : fanatiques aveuglés.
5. **Le comble** : le plus haut degré.

branche ; la branche est attachée à l'arbre ; qui s'attache à l'arbre suit de bons préceptes[1] ; les bons préceptes valent mieux que les belles paroles ; les belles paroles se trouvent à la cour ; à la cour sont les courtisans ; les courtisans suivent la mode ; la mode vient de la fantaisie ; la fantaisie est une faculté de l'âme ; l'âme est ce qui nous donne la vie ; la vie finit par la mort ; la mort nous fait penser au Ciel ; le Ciel est au-dessus de la terre ; la terre n'est point la mer ; la mer est sujette aux orages ; les orages tourmentent les vaisseaux ; les vaisseaux ont besoin d'un bon pilote ; un bon pilote a de la prudence ; la prudence n'est point dans les jeunes gens ; les jeunes gens doivent obéissance aux vieux ; les vieux aiment les richesses ; les richesses font les riches ; les riches ne sont pas pauvres ; les pauvres ont de la nécessité, nécessité[2] n'a point de loi ; qui n'a point de loi vit en bête brute ; et par conséquent, vous serez damné à tous les diables.

Dom Juan. – Ô le beau raisonnement !

Sganarelle. – Après cela, si vous ne vous rendez, tant pis pour vous.

Scène 3

Dom Carlos, Dom Juan, Sganarelle

Dom Carlos. – Dom Juan, je vous trouve à propos[3], et suis bien aise de vous parler ici plutôt que chez vous, pour vous demander vos résolutions. Vous savez que ce soin me regarde, et que je me suis en votre présence chargé de cette affaire. Pour moi je ne le cèle

1. **Préceptes** : règles de conduite.
2. **Nécessité** : besoin, mais aussi obligation. Sganarelle joue sur les deux sens du mot.
3. **À propos** : au bon moment.

point, je souhaite fort que les choses aillent dans la douceur; et il n'y a rien que je ne fasse pour porter votre esprit à vouloir prendre cette voie, et pour vous voir publiquement confirmer à ma sœur le nom de votre femme.

Dom Juan, *d'un ton hypocrite.* – Hélas! je voudrais bien, de tout mon cœur, vous donner la satisfaction que vous souhaitez; mais le Ciel s'y oppose directement: il a inspiré à mon âme le dessein de changer de vie, et je n'ai point d'autres pensées maintenant que de quitter entièrement tous les attachements du monde, de me dépouiller au plus tôt de toutes sortes de vanités, et de corriger désormais par une austère conduite tous les dérèglements criminels où m'a porté le feu d'une aveugle jeunesse.

Dom Carlos. – Ce dessein, Dom Juan, ne choque point[1] ce que je dis; et la compagnie d'une femme légitime peut bien s'accommoder avec les louables pensées que le Ciel vous inspire.

Dom Juan. – Hélas! point du tout. C'est un dessein que votre sœur elle-même a pris: elle a résolu sa retraite et nous avons été touchés tous deux en même temps.

Dom Carlos. – Sa retraite ne peut nous satisfaire, pouvant être imputée[2] au mépris que vous feriez d'elle et de notre famille; et notre honneur demande qu'elle vive avec vous.

Dom Juan. – Je vous assure que cela ne se peut. J'en avais, pour moi, toutes les envies du monde, et je me suis même encore aujourd'hui conseillé au Ciel[3] pour cela; mais, lorsque je l'ai consulté j'ai entendu une voix qui m'a dit que je ne devais point songer à votre sœur, et qu'avec elle assurément je ne ferais point mon salut.

Dom Carlos. – Croyez-vous, Dom Juan, nous éblouir par ces belles excuses?

---

1. **Ne choque point**: n'est pas en contradiction avec.
2. **Imputée**: attribuée, interprétée comme une conséquence de.
3. **Je me suis [...] conseillé au Ciel**: j'ai demandé conseil au Ciel.

Dom Juan. – J'obéis à la voix du Ciel.

Dom Carlos. – Quoi ? vous voulez que je me paye d'un semblable discours ?

Dom Juan. – C'est le Ciel qui le veut ainsi.

Dom Carlos. – Vous aurez fait sortir ma sœur d'un couvent, pour la laisser ensuite ?

Dom Juan. – Le Ciel l'ordonne de la sorte.

Dom Carlos. – Nous souffrirons cette tache en notre famille ?

Dom Juan. – Prenez-vous-en au Ciel.

Dom Carlos. – Et quoi ? toujours le Ciel ?

Dom Juan. – Le Ciel le souhaite comme cela.

Dom Carlos. – Il suffit, Dom Juan, je vous entends. Ce n'est pas ici que je veux vous prendre[1], et le lieu ne le souffre pas ; mais, avant qu'il soit peu, je saurai vous trouver.

Dom Juan. – Vous ferez ce que vous voudrez ; vous savez que je ne manque point de cœur, et que je sais me servir de mon épée quand il le faut. Je m'en vais passer tout à l'heure dans cette petite rue écartée qui mène au grand couvent ; mais je vous déclare, pour moi, que ce n'est point moi qui me veux battre : le Ciel m'en défend la pensée ; et si vous m'attaquez, nous verrons ce qui en arrivera.

Dom Carlos. – Nous verrons, de vrai, nous verrons.

1. **Prendre** : défier en duel.

Scène 4

DOM JUAN, SGANARELLE

SGANARELLE. – Monsieur, quel diable de style prenez-vous là ? Ceci est bien pis[1] que le reste, et je vous aimerais bien mieux encore comme vous étiez auparavant. J'espérais toujours de votre salut ; mais c'est maintenant que j'en désespère ; et je crois que le Ciel, qui vous a souffert jusques ici, ne pourra souffrir du tout cette dernière horreur.

DOM JUAN. – Va, va, le Ciel n'est pas si exact que tu penses ; et si toutes les fois que les hommes…

SGANARELLE. – Ah, Monsieur, c'est le Ciel qui vous parle, et c'est un avis qu'il vous donne.

DOM JUAN. – Si le Ciel me donne un avis, il faut qu'il parle un peu plus clairement, s'il veut que je l'entende.

Scène 5

DOM JUAN,
UN SPECTRE, *en femme voilée*, SGANARELLE

LE SPECTRE. – Dom Juan n'a plus qu'un moment à pouvoir profiter de la miséricorde du Ciel ; et s'il ne se repent ici[2], sa perte est résolue.

SGANARELLE. – Entendez-vous, Monsieur ?

DOM JUAN. – Qui ose tenir ces paroles ? Je crois connaître cette voix.

1. **Pis** : pire.
2. **Ici** : maintenant.

Sganarelle. – Ah ! Monsieur, c'est un spectre : je le reconnais au marcher[1].

Dom Juan. – Spectre, fantôme, ou diable, je veux voir ce que c'est.

Le Spectre change de figure et représente le Temps avec sa faux à la main.

Sganarelle. – Ô Ciel ! voyez-vous, Monsieur, ce changement de figure ?

Dom Juan. – Non, non, rien n'est capable de m'imprimer de la terreur, et je veux éprouver[2] avec mon épée si c'est un corps ou un esprit.

Le Spectre s'envole dans le temps que[3] Dom Juan le veut frapper.

Sganarelle. – Ah ! Monsieur, rendez-vous à tant de preuves, et jetez-vous vite dans le repentir.

Dom Juan. – Non, non, il ne sera pas dit, quoi qu'il arrive, que je sois capable de me repentir. Allons, suis-moi.

Scène 6

La Statue, Dom Juan, Sganarelle

La Statue. – Arrêtez, Dom Juan : vous m'avez hier donné parole de venir manger avec moi.

Dom Juan. – Oui. Où faut-il aller ?

1. **Au marcher** : à sa façon de marcher.
2. **Éprouver** : tester.
3. **Dans le temps que** : au moment où.

Staal et Delannoy, illustration pour *Dom Juan*, gravure, XIXe siècle.

La Statue. – Donnez-moi la main.

Dom Juan. – La voilà.

La Statue. – Dom Juan, l'endurcissement au péché traîne[1] une mort funeste, et les grâces du Ciel que l'on renvoie ouvrent un chemin à sa foudre.

Dom Juan. – Ô Ciel ! que sens-je ? Un feu invisible me brûle, je n'en puis plus et tout mon corps devient[2]...

Sganarelle. – Ah ! [mes gages[3], mes gages !] Voilà par sa mort un chacun satisfait : Ciel offensé, lois violées, filles séduites, familles déshonorées, parents outragés, femmes mises à mal, maris poussés à bout, tout le monde est content. Il n'y a que moi seul de malheureux. [Mes gages, mes gages, mes gages !][4]

---

1. Traîne : entraîne.
2. Dans les éditions de 1682, la réplique de Dom Juan n'est pas interrompue et s'achève par « ... un brasier ardent, ah ! ». Elle est suivie d'une didascalie : « *Le tonnerre tombe avec un grand bruit et de grands éclairs sur Dom Juan ; la terre s'ouvre et l'abîme ; et il sort de grands feux de l'endroit où il est tombé.* »
3. Gages : salaire d'un domestique.
4. Les passages entre crochets (l. 11, l. 15) ne figurent pas dans les éditions cartonnée et non-cartonnée de 1682.

Arrêt sur lecture 4

Pour comprendre l'essentiel

Les différents visiteurs de Dom Juan

1 Alors que Dom Juan s'apprête à dîner, plusieurs visiteurs se présentent à sa porte. Parmi ces personnages, dites quels sont ceux qui appartiennent à la tradition de la comédie.

2 D'autres visiteurs rappellent davantage la tragédie. Identifiez-les grâce aux thèmes et aux tonalités dominant leurs répliques.

3 La Statue du Commandeur et le Spectre sont des visiteurs surnaturels. Dites quels effets leurs apparitions peuvent susciter chez les spectateurs et à quelle tonalité elles se rattachent par conséquent.

Un personnage qui s'obstine dans le péché

4 Au cours des actes précédents, Dom Juan a montré qu'il ne respectait ni les femmes, ni Dieu. Identifiez les règles (civiles, morales, religieuses) qu'il enfreint dans l'acte IV, de la scène 3 au début de la scène 5.

5 Le début de l'acte V repose sur un faux rebondissement. Expliquez lequel et montrez qu'il constitue un signe de « l'endurcissement au péché » (p. 114) de Dom Juan.

6 Dom Juan justifie sa conversion à l'hypocrisie dans une tirade à la scène 2 de l'acte V (l. 31-71). Dites de quel type de personnes Molière fait la satire à travers les propos de son personnage.

Les avertissements et la punition

7 Plusieurs personnages tentent de mettre en garde Dom Juan contre la vengeance du Ciel. Relevez une citation pour chacun de leurs avertissements.

8 Dom Juan semble finalement puni. Relisez les dernières scènes et cherchez ce que peuvent symboliser le Spectre qui ressemble à une femme voilée, le Temps muni d'une faux et la Statue du Commandeur.

9 Le dernier mot de la pièce n'est laissé ni à Dom Juan, ni à la Statue du Commandeur, mais à Sganarelle. Proposez différents tons sur lesquels cette réplique peut être prononcée et expliquez les raisons pour lesquelles elle a été en partie censurée.

✔ Rappelez-vous !

• *Dom Juan* est une **pièce à machines**, c'est-à-dire une pièce dont l'intrigue repose sur l'utilisation de moyens mécaniques (fils, poulies, rails, contrepoids…) pour créer ce qu'on appellerait aujourd'hui des effets spéciaux. Ainsi, à l'acte V, d'après les didascalies des différentes éditions (voir note 2, p. 114), la mise en scène montre la statue animée, les feux de l'Enfer et l'engloutissement de Dom Juan. Ces effets satisfont le goût du public pour le spectaculaire et rattachent davantage cette pièce à l'esthétique baroque qu'à l'esthétique classique (voir fiche 6, p. 142-143).

• Ces effets spéciaux permettent l'irruption du ***deus ex machina*** à la fin de la pièce. Cette expression latine, qui signifie « dieu issu d'une machine », désigne l'intervention impromptue d'un dieu pour résoudre l'intrigue de façon soudaine. Le châtiment divin qui s'abat sur Dom Juan permet à Molière d'offrir un dénouement apparemment moral à sa pièce, qui ne peut donc être accusée d'impiété ou d'immoralité.

Vers l'oral du Bac

Explication linéaire des scènes 4 à 6 de l'acte V
(l. 9 à la fin, p. 111-114)

→ *Quel sens la mort de Dom Juan confère-t-elle à la pièce ?*

Conseils pour la lecture à voix haute

– Adoptez des tons différents en fonction des personnages : faites transparaître, d'une part, la peur de Sganarelle, de l'autre, la fermeté et l'assurance de Dom Juan.

– Lisez les répliques des différentes manifestations surnaturelles de manière lente et avec gravité.

– Exprimez, par votre lecture, la souffrance de Dom Juan.

– Privilégiez l'aspect comique de la réplique finale de Sganarelle en insistant sur le désespoir excessif et trivial du valet.

Explication linéaire du texte

Introduction

Dom Juan poursuit sa course effrénée vers la damnation en multipliant les provocations face aux hommes et au Ciel. Le libertin n'écoute pas les avertissements qui lui sont régulièrement donnés et adopte le masque du faux dévot qui reflète son « endurcissement au péché ». Sa punition est donc inéluctable, mais la mort de Dom Juan, dans un final spectaculaire faisant intervenir des manifestations surnaturelles, peut donner lieu à deux interprétations non seulement incompatibles, mais même opposées, selon que l'on prenne au sérieux la punition du libertin ou que l'on y voit un dernier pied de nez à la religion. C'est pourquoi nous nous interrogerons sur le sens que la mort de Dom Juan confère à la pièce. Nous nous intéresserons, en premier lieu, aux avertissements donnés au libertin, avant de nous interroger, en second lieu, sur la manière dont Dom Juan est puni. Enfin, nous nous attacherons à la réaction de Sganarelle face à la mort de son maître.

■ *Explication guidée*

I. Lignes 9 (V, 4) à 15 (V, 5) : Un dernier avertissement

a. Comment l'opposition entre Dom Juan et son valet apparaît-elle à la fin de la scène 4 de l'acte V ?

b. De quelle manière les répliques de Dom Juan mettent-elles en évidence sa volonté de rester rationnel ?

c. Quelle dimension symbolique les didascalies donnent-elles aux manifestations surnaturelles ?

d. En quoi la présence et l'attitude de Sganarelle contribuent-elles à valoriser le courage de son maître ?

II. Lignes 11 (V, 5) à 8 (V, 6) : La punition du libertin

a. Qu'est-ce qui rend la Statue du Commandeur impressionnante ?

b. Quel changement d'attitude la réplique de la Statue du Commandeur génère-t-elle chez Dom Juan ?

c. Qu'est ce qui donne l'impression que la Statue du Commandeur vient rendre un jugement ?

III. Lignes 9 (V, 6) à 15 (V, 6) : Une condamnation ou une défense du libertinage ?

a. Comment la souffrance de Dom Juan est-elle exprimée ?

b. Qu'est-ce qui apparente la réplique finale de Sganarelle à une moralité ?

c. Pourquoi la tonalité comique semble-t-elle néanmoins l'emporter ?

Conclusion

L'ambiguïté et l'ouverture qui caractérisent la pièce de Molière se voient confirmées par un dénouement qui peut servir deux visions opposées. En effet, si Dom Juan sort grandi de sa rencontre avec des instances surnaturelles face auxquelles il ne cède pas, il est cependant châtié pour ses actes. Cette mort peut donc être vue comme un retour à l'ordre et la manifestation d'une justice céleste. Néanmoins, si l'on considère la tonalité comique sur laquelle se clôt la pièce, et l'intervention d'un surnaturel invraisemblable, ce dénouement doit être compris comme une adhésion à la liberté de pensée incarnée par Dom Juan. Ainsi, le *Dom Juan* de Molière serait à lire comme une critique de la crédulité des hommes et une dénonciation des superstitions et des vices de son temps.

Question de grammaire

Analysez les propositions qui composent la phrase suivante : « Si le Ciel me donne un avis, il faut qu'il parle un peu plus clairement, s'il veut que je l'entende » (p. 111, l. 11-12).

Arrêt sur l'œuvre

Des questions sur l'ensemble de l'œuvre

Dom Juan, un personnage séduisant

1 Dom Juan se caractérise par son pouvoir de séduction. Montrez comment il s'appuie sur les faiblesses des femmes qu'il rencontre pour les faire céder à son charme.

2 C'est par son éloquence et sa capacité à tenir le discours qu'attend son interlocuteur que Dom Juan séduit. Présentez les scènes dans lesquelles son art oratoire lui permet d'arriver à ses fins.

3 Malgré ses défauts et ses comportements condamnables, Dom Juan reste une figure digne d'admiration. Justifiez-le.

La remise en cause de toutes les formes d'autorité

4 Dom Juan ne cesse de transgresser la morale religieuse et de provoquer le Ciel. Exposez les péchés et les crimes qu'il commet au fur et à mesure de la pièce.

5 L'autorité religieuse n'est pas la seule à être bafouée par Dom Juan. Dressez la liste de ses comportements indignes d'un grand seigneur.

6 Les défenseurs de l'autorité ne sont pas exempts de défauts et semblent enfermés dans des valeurs dépassées. Montrez en quoi Dom Louis et les frères d'Elvire donnent à voir des principes ancrés dans le passé.

Condamnation ou défense du libertinage ?

7 Du fait de l'ambiguïté du personnage qu'il met en scène, Molière n'affiche pas un positionnement clair face au libertinage. Montrez que la pensée de Dom Juan est à construire à partir de ses refus, de ses silences et de ses moqueries.

8 La critique des superstitions et des croyances repose finalement davantage sur le personnage de Sganarelle que sur celui de son maître. Mettez en évidence la portée critique qui peut être associée au valet.

9 Si le personnage de Dom Juan incarne un certain nombre de vices, il révèle également ceux de la société dans laquelle il évolue. Définissez les travers des contemporains de Molière dénoncés dans la pièce.

Activités d'appropriation

1. Rédiger un portrait élogieux

À la fin de la scène d'exposition, alors que Sganarelle peint son maître à Gusman, Dom Juan s'approche d'eux. Au lieu de s'interrompre, Sganarelle se met alors à décrire de manière élogieuse son maître. Il souligne son pouvoir de séduction, évoque son inconstance et son incrédulité comme autant de qualités qu'il admire, et ne cache pas son envie de lui ressembler. Rédigez ce portrait mélioratif construisant une image positive de Dom Juan.

2. Inventer une tirade ironique

Dans la scène 1 de l'acte III, remplacez la réplique « Je crois que deux et deux sont quatre, Sganarelle, et que quatre et quatre sont huit » par une tirade mettant en avant son rejet de la bêtise, de l'ignorance, des croyances et des superstitions. Vous n'hésiterez pas à employer une tonalité ironique visant à ridiculiser Sganarelle et les idées qu'il vient de défendre.

3. Écrire une lettre

En vous appuyant sur les photographies des différentes représentations proposées sur les versos de la couverture, choisissez la mise en scène qui vous convainc le plus et imaginez que vous en êtes le metteur en scène. Rédigez alors une lettre expliquant vos choix quant au comédien jouant le rôle de Dom Juan, à l'univers que vous voulez donner à voir (respect ou non de l'époque), aux décors et aux costumes employés. Votre travail respectera les codes de la lettre : vous vous adresserez à un directeur de théâtre, dans le but qu'il accepte de proposer votre mise en scène dans sa programmation.

4. Défendez votre Dom Juan

Vous êtes un comédien et vous venez de passer un casting pour jouer le rôle de Dom Juan. Expliquez au metteur en scène comment vous avez découvert ce personnage et ce qu'il a suscité en vous. Vous justifierez ensuite la manière dont vous l'avez joué et définirez comment vous voyez « votre » Dom Juan (jeune ou vieillissant, séduisant ou cruel, provocateur ou égoïste, fascinant ou repoussant...).

Prolongements artistiques et culturels

Dom Juan, un séducteur

➡ **Images reproduites au verso de la couverture, en début d'ouvrage**

1. Quel regard Dom Juan semble-t-il porter sur les femmes dans chacune des mises en scènes ? Précisez votre réponse en étudiant la gestuelle et l'expression du visage du personnage.

2. Quel est le trait de caractère majeur mis en avant chez le séducteur dans chacune des mises en scènes proposées ?

Dom Juan et son valet

➡ **Images reproduites au verso de la couverture, en fin d'ouvrage**

3. Quels aspects de la relation entre maître et valet les photographies expriment-elles ?

4. Comment l'ambiguïté des relations entre Dom Juan et Sganarelle apparaît-elle ?

5. Quel sentiment Dom Juan semble-t-il éprouver pour son valet dans chacune des photographies ?

Dom Juan et le Ciel dans la mise en scène de Jean-Pierre Vincent

➡ **Images reproduites en page I du cahier photos**

6. Comment le metteur en scène a-t-il souligné l'impiété de Dom Juan ? Soyez notamment attentif(ve) aux gestes et à l'attitude du personnage, ainsi qu'aux accessoires.

7. Quelle photographie laisse supposer l'existence d'une quête spirituelle chez Dom Juan ? Qu'est-ce qui le suggère dans l'attitude de Dom Juan ?

Le surnaturel dans la pièce

➡ **Images reproduites en pages II-III du cahier photos**

8. Repérez la forme donnée à la Statue par chaque metteur en scène. Quelle est celle qui vous paraît la plus convaincante ?

9. Comparez les choix des metteurs en scène avec le dénouement de Molière. D'après vous, quel est celui qui correspond le mieux à la scène finale ? Est-ce le choix qui remporte votre adhésion ? Précisez pourquoi.

Le courage de Dom Juan

➡ **Images reproduites en pages IV du cahier photos**

10. Comment les photographies mettent-elles en évidence le courage de Dom Juan ?

11. De quelle manière l'appartenance de Dom Juan à la noblesse est-elle suggérée ?

Lectures cursives

Beaumarchais, *Le Mariage de Figaro* [1784], Belin-Gallimard, « Classico », 2019

Figaro, un valet, doit épouser Suzanne, mais avant qu'ils ne se marient, le Comte Almaviva, son maître, entend bien profiter du droit du seigneur et obtenir les faveurs de la fiancée. Figaro va donc multiplier les ruses et les stratégies pour protéger Suzanne des avances du Comte et faire en sorte que le mariage ait lieu, mais c'est sans connaître les ressources de la gent féminine… Par-delà l'intrigue centrée sur le mariage, cette pièce met en scène un valet qui se fait le porte-parole d'une dénonciation virulente des injustices sociales et expose les idées qui mèneront quelques années plus tard à la Révolution française.

■ Edmond Rostand, *Cyrano de Bergerac* [1897], Belin-Gallimard, « Classico », 2018

Qui ne connaît pas le personnage de Cyrano de Bergerac ? Célèbre pour sa verve autant que pour ses talents de bretteur, toujours prêt à manier l'épée aussi bien que les mots, le Cyrano d'Edmond Rostand a fini par éclipser le libertin du XVIIe siècle qui l'a inspiré. Cette pièce de la fin du XIXe siècle réinvente un Cyrano qui met ses talents littéraires au service de son rival, Christian, pour l'aider à séduire sa cousine Roxane, qu'il aime peut-être plus encore. Sa capacité à user de la langue en virtuose pour séduire, mais aussi ridiculiser ceux qui se moquent de sa disgrâce physique, en a fait un personnage mythique.

■ Jean Genet, *Les Bonnes* [1947], Belin-Gallimard, « Classico », 2022

La pièce de théâtre *Les Bonnes* a provoqué un réel malaise chez les spectateurs qui ont assisté à la première représentation le 19 avril 1947. La gêne s'explique par la présence du thème du meurtre : les personnages mis en scène sont deux sœurs qui projettent d'assassiner Madame, leur maîtresse. Cette pièce n'est pas sans évoquer, pour le public de l'époque, un fait divers de 1933 qui avait défrayé la chronique : une femme et sa fille avaient été tuées par deux de leurs domestiques, les sœurs Papin. Cette ambiguïté entre l'univers fictif et le réel est aussi certainement une des sources du succès de la pièce, qui est la plus jouée de Jean Genet. Les réflexions qu'elle suscite sur l'identité, mais aussi sur le fait d'aller, ou non, au bout d'une démarche criminelle, continue à interpeller les spectateurs et les lecteurs d'aujourd'hui.

■ Éric-Emmanuel Schmitt, *La Nuit de Valognes* [1991], Actes Sud, « Papiers », 2011

Qu'est-ce qui amène cinq femmes à se retrouver dans un château inhabité depuis trente ans au milieu de la Normandie par un soir d'orage ? La raison tient à un nom : Don Juan. Toutes, jeunes ou âgées, ont été victimes du séducteur, et la Duchesse de Vaubricourt, qui a également convoqué Don Juan, entend bien lui demander de rendre des comptes. C'est pourquoi elle a organisé son procès. Dans cette pièce, ce sont les femmes, et non le Ciel, qui jugent leur bourreau. Le dramaturge contemporain offre ainsi un nouveau visage au mythe de Dom Juan sans le séparer de son double, Sganarelle.

Wajdi Mouawad, *Incendies, Le Sang des promesses* [2009], Actes Sud, « Babel théâtre », 2011

Une mère s'éteint après avoir cessé de parler cinq ans plus tôt. À sa mort, chacun de ses jumeaux, Jeanne et Simon, reçoit par le biais d'un notaire une enveloppe qu'ils devront respectivement remettre à leur père et à leur frère, dont ils ignoraient jusque-là l'existence. Les deux personnages vont alors se mettre en quête du passé afin de découvrir le secret de leur naissance et la destinée douloureuse de leur mère. Ce parcours leur fera aussi découvrir comment la guerre révèle et met en lumière la monstruosité qui sommeille parfois en l'homme. Avec ce deuxième volet de sa trilogie, Wajdi Mouawad interroge les mythes fondateurs de notre civilisation en insufflant un nouveau souffle épique au théâtre.

Carnet de lecture

Vous êtes un journaliste envoyé dans la petite ville de province où se déroule la pièce d'Eugène Ionesco, *Rhinocéros*, pour témoigner de cet étrange phénomène: la rhinocérite. Vous écrivez une série d'articles pour relater les événements. Ces articles refléteront l'évolution de vos sentiments et de votre point de vue: après avoir été apeuré, puis indigné, vous finissez par considérer ces transformations comme normales.

Méthode

Étape 1. Lisez attentivement la pièce.

Étape 2. Sélectionnez quatre scènes où un être humain se métamorphose en rhinocéros et dont les faits vous inspirent pour écrire un article.

Étape 3. Repérez et présentez les principaux éléments (contexte, personnages présents, faits) sous forme de notes.

Étape 4. Rédigez vos articles au brouillon en faisant évoluer leur tonalité:

– Le premier usera d'une tonalité pathétique et insistera sur le caractère inquiétant des métamorphoses.

– Vous emploierez dans le second une tonalité polémique et vous vous indignerez de l'absence de réaction des autorités, des médecins pour faire cesser ce phénomène.

– Le troisième article présentera les transformations comme habituelles, presque normales, comme un fait quotidien.

– Le dernier article s'étonnera que certains hommes n'aient pas encore été transformés en rhinocéros et les présentera comme des originaux voire des êtres inquiétants.

Étape 5. Recopiez vos articles en soignant votre expression.

Dom Juan et le Ciel dans la mise en scène de Jean-Pierre Vincent

Dom Juan (Loïc Corbery) et le pauvre (Pierre-Louis Calixte), Comédie-Française, Paris, 2012.

➡ Voir p. 123 et p. 148.

Sganarelle (Serge Bagdassarian) et Dom Juan (Loïc Corbery), Comédie-Française, Paris, 2012.

➡ Voir p. 123 et p. 148.

Dom Juan (Loïc Corbery), Comédie-Française, Paris, 2012.

➡ Voir p. 123 et p. 148.

Le surnaturel dans la pièce

Sganarelle (Jean Dautremay), Dom Juan (Andrzej Seweryn) et la Statue du Commandeur (Enrico Horn) dans la mise en scène de Jacques Lassalle, Comédie-Française, Paris, 2002. ➡ Voir p. 124 et p. 148.

Dom Juan (Loïc Corbery) et la Statue du Commandeur (Jean-Michel Rucheton) dans la mise en scène de Jean-Pierre Vincent, Comédie-Française, Paris, 2012. ➡ Voir p. 124 et p. 148.

La Statue du Commandeur (Cécile Péricone), Sganarelle (Yvan Hérisson) et Dom Juan (Mexianu Medenou) dans la mise en scène de Julie Brochen, théâtre national de Strasbourg, 2012. ➡ Voir p. 124 et p. 148.

Dom Juan (Redjep Mitrovitsa) et la Statue du Commandeur (Vincent Bonillo) dans la mise en scène de Brigitte Jaques-Wajeman, théâtre de l'Odéon, Paris, 2000. ➡ Voir p. 124.

Dom Juan (Michel Piccoli) dans le film de Marcel Bluwal, 1965.
➡ Voir p. 124 et p. 147.

Dom Juan (Philippe Torreton) dans la mise en scène de Philippe Torreton, théâtre Marigny, Paris, 2007. ➡ Voir p. 124.

Le courage de Dom Juan

Dom Juan (Mexianu Medenou) et Dom Carlos (Fred Cacheux) dans la mise en scène de Julie Brochen, théâtre national de Strasbourg, 2012. ➡ Voir p. 124 et p. 148.

Dom Alonse (Yann Burlot), Dom Carlos (Maximilien Muller) et Dom Juan (Philippe Torreton) dans la mise en scène de Philippe Torreton, théâtre Marigny, Paris, 2007. ➡ Voir p. 124.

Le tour de l'œuvre en 10 fiches

Sommaire

Molière en 17 dates

1622	Naissance de Jean-Baptiste Poquelin à Paris dans une famille bourgeoise.
1636-1640	Études dans un lycée parisien puis licence de droit à Orléans.
1643	Fondation de la troupe de L'Illustre-Théâtre avec les Béjart, une famille de comédiens à laquelle appartient sa maîtresse Madeleine.
1645-1658	Faillite de la troupe ; Molière est emprisonné quelques jours pour dettes. Tournée sur les routes du sud de la France. Molière écrit ses premières comédies : *Le Docteur amoureux*, *Le Médecin volant*.
1658	Retour à Paris. Échec d'une tragédie et succès d'une farce jouées devant le roi Louis XIV. Devenue « troupe de Monsieur » (frère du roi), la troupe de Molière s'installe dans la salle du Petit-Bourbon où elle joue en alternance avec les comédiens italiens.
1659	Après l'échec de plusieurs tragédies, succès de la comédie *Les Précieuses ridicules*.
1661	La troupe s'installe dans la salle du Palais-Royal.
1662	Mariage avec Armande Béjart ; *L'École des femmes* provoque succès et controverses.
1664	Louis XIV confie à Molière l'organisation des divertissements pour l'inauguration du château de Versailles. Première représentation du *Tartuffe*, avant son interdiction jusqu'en 1669.
1665	**Création de *Dom Juan* sous le titre *Le Festin de Pierre*.** La troupe devient « troupe du roi ».
1666	*Le Misanthrope*.
1668	*L'Avare*.
1670	*Le Bourgeois gentilhomme*.
1671	*Les Fourberies de Scapin*. Mort de Madeleine Béjart.
1673	Mort de Molière après une représentation du *Malade imaginaire*. Louis XIV intervient pour que son corps ne soit pas jeté à la fosse commune, sort alors réservé aux comédiens non-repentis.
1677	Thomas Corneille écrit en vers une version moins scandaleuse du *Festin de Pierre*, jouée sous le nom de Molière.
1682-1683	Premières publications du texte de Molière sous le titre *Dom Juan ou le Festin de Pierre*.

L'œuvre dans son contexte

Louis XIV, monarque absolu et mécène

En 1665, Louis XIV (1638-1715) est un jeune monarque de vingt-sept ans. Devenu roi en 1643, quelques mois avant ses cinq ans, il n'a commencé de régner personnellement qu'en 1661, à la mort du ministre Mazarin (1602-1661). Marqué par la Fronde, une révolte menée par des nobles contre le pouvoir royal dans les années 1648-1653, **le jeune roi a à cœur de gouverner en monarque absolu**. Il prend toutes les décisions seul et se montre impitoyable avec ceux qui cherchent à l'affaiblir. **Pour affermir son pouvoir, le roi développe un culte de sa propre personne**, illustré par la figure du Roi-Soleil. Celle-ci est mise en scène lors de grandes fêtes au château de Versailles, dont les travaux d'aménagement ne font alors que commencer.

Amateur d'arts, notamment de théâtre et de danse, **Louis XIV sait mettre les artistes à son service et joue un rôle de mécène** en accordant des subventions à ceux qui lui plaisent. Molière (1622-1673) puis le musicien Jean-Baptiste Lully (1632-1687) bénéficient ainsi de ses faveurs. Par ses choix, il s'oppose à sa mère, Anne d'Autriche (1601-1666), et au parti des dévots qu'elle soutient. Cette expression désigne **la Compagnie du Saint-Sacrement, une association catholique secrète et influente dont le but est de lutter contre l'impiété, l'immoralité et le protestantisme**.

Ferveur et querelles autour du théâtre

Le public partage le goût du roi pour le théâtre. À Paris, les spectateurs peuvent non seulement assister à des spectacles de rue sur le Pont-Neuf mais aussi se rendre dans différentes salles selon qu'ils souhaitent assister à une tragédie ou à une comédie. **Les troupes qui jouent dans ces théâtres se livrent une concurrence féroce**, n'hésitant pas à mettre à l'affiche des pièces sur le même sujet ou à organiser des complots pour mener leurs rivaux à l'échec.

Le théâtre est en même temps au cœur de plusieurs querelles idéologiques. Dans la France catholique du XVIIe siècle, l'Église reconnaît la portée morale de certains spectacles mais condamne les mœurs supposées immorales des comédiens.

Les pièces de Molière sont au cœur de ces querelles. En 1662, *L'École des femmes*, qui soulève la question de l'éducation des filles, est jugée obscène par le parti des dévots. En 1664, celui-ci obtient l'interdiction du *Tartuffe* de Molière durant cinq ans : la pièce met en scène un imposteur qui feint la dévotion pour escroquer une famille, mais les dévots y voient une critique de la dévotion elle-même. **Pour répondre aux accusations d'impiété, Molière écrit *Dom Juan*** qui met en scène un libertin libre-penseur foudroyé, de manière spectaculaire, sur scène.

La structure de l'œuvre

La structure d'une pièce de théâtre classique est supposée être la suivante, chaque étape correspondant en principe à un acte : exposition, développement de l'intrigue, nœud, recherche de solutions ou péripéties, dénouement. **Or la structure de *Dom Juan* ne correspond pas à ce schéma.**

En décembre 1664, Molière et sa troupe ont passé un contrat avec deux peintres pour les six décors de la pièce (nous ne connaissons pas les décors prévus grâce au texte de Molière, mais grâce à ce contrat). Or, selon Georges Forestier et Claude Bourqui, **la structure de *Dom Juan* aurait été conçue à partir des décors et non l'inverse**.

Cela explique qu'après une exposition classique, la pièce semble davantage être une succession de petites pièces ou de saynètes que le développement d'une intrigue jusqu'à sa résolution finale. Une rapide présentation de la pièce met en effet en évidence la **variété des tonalités et des inspirations**. L'unité de la pièce repose donc sur le personnage principal et le suspens de l'intrigue sur la **constance des avertissements adressés à Dom Juan**.

Acte I – Exposition : présentation de Dom Juan et de son inconstance

Décor : un palais au travers duquel on voit un jardin.

Scènes et personnages	Action	Tonalités représentées
Scène 1 Sganarelle, Gusman	Après un éloge paradoxal du tabac, Sganarelle présente son maître comme un séducteur et un athée sans scrupule.	Genre épidictique. Valets, personnages de comédie.
Scène 2 Sganarelle, Dom Juan	Dom Juan se présente lui-même en prononçant un éloge paradoxal de l'infidélité. **Sganarelle tente de le mettre en garde contre la colère de Dieu** mais Dom Juan ne l'écoute pas et expose ses nouveaux projets de conquête amoureuse.	Genre épidictique. Couple maître/valet, traditionnel dans la comédie.

Scène 3 Sganarelle, Dom Juan, Done Elvire	Elvire, que Dom Juan a enlevée du couvent en lui promettant le mariage, demande des comptes à Dom Juan qui feint d'avoir éprouvé des remords. **Elle le met en garde contre la colère de Dieu**.	Tonalité pathétique. Elvire, personnage de tragédie.

Acte II – Parodie de pastorale : le séducteur en action

Décor : un hameau de verdure et une grotte au travers de laquelle on voit la mer.

Scène 1 Charlotte, Pierrot	Pierrot raconte à Charlotte comment il a sauvé deux hommes de la noyade, dont un noble, puis reproche à Charlotte, sa fiancée, de ne pas assez l'aimer.	Tonalité comique. Personnages de comédie.
Scène 2 Charlotte, Dom Juan, Sganarelle	Dom Juan séduit Charlotte qui accepte de l'épouser.	Tonalités comique et pathétique. Personnages de comédie.
Scène 3 Charlotte, Dom Juan, Sganarelle, Pierrot	Jaloux, Pierrot attaque Dom Juan mais se révèle lâche.	Tonalité comique inspiré de la farce. Personnages de comédie
Scène 4 Charlotte, Dom Juan, Sganarelle, Mathurine	Charlotte et Mathurine se disputent, Dom Juan ayant promis à chacune le mariage. Dom Juan évite de trancher. Sganarelle tente de mettre en garde les deux femmes.	Tonalité comique. Personnages de comédie.
Scène 5 Charlotte, Dom Juan, Sganarelle, Mathurine, La Ramée	La Ramée avertit Dom Juan que douze hommes le recherchent. Dom Juan ordonne à Sganarelle de revêtir son propre costume.	

Acte III – Fuite et rencontres : les dialogues d'un incroyant

Décor : une forêt avec à l'arrière-plan une sorte de temple entouré de verdure (le tombeau du Commandeur) ; puis l'intérieur de ce temple.

Scène 1 Dom Juan, Sganarelle	Sganarelle et Dom Juan discutent de l'efficacité de la médecine, à laquelle Dom Juan ne croit pas, puis de l'existence de Dieu et du diable, auxquels il ne croit pas non plus.	Tonalités satirique et comique. Couple maître/valet, traditionnel dans la comédie.
Scène 2 Dom Juan, Sganarelle, le pauvre	Dom Juan et Sganarelle demandent leur chemin à un pauvre. Dom Juan exige qu'il blasphème en échange d'une pièce d'or. Le pauvre résiste, Dom Juan la lui donne et s'élance au secours d'un homme attaqué par trois autres.	Tentative de tonalité satirique qu'invalide la réaction du pauvre.
Scène 3 Dom Juan, Sganarelle, Dom Carlos	Dom Carlos remercie Dom Juan de l'avoir sauvé. Il lui explique qu'il cherche à venger sa sœur Elvire d'un certain Dom Juan.	Dom Carlos, personnage de tragédie.
Scène 4 Dom Juan, Sganarelle, Dom Carlos, Dom Alonse et trois suivants	Dom Alonse reconnaît Dom Juan. Dom Carlos obtient de son frère un délai pour remercier Dom Juan de l'avoir sauvé mais prévient Dom Juan qu'il se vengera.	Dom Carlos et Dom Alonse, personnages de tragédie.
Scène 5 Dom Juan, Sganarelle	Dom Juan et Sganarelle entrent dans le tombeau du Commandeur : d'un signe de tête, la Statue accepte l'invitation à dîner de Dom Juan.	Tonalité comique puis tonalité fantastique.

Acte IV – Les visiteurs : une succession de petites pièces

Décor : une chambre.

Scène 1 Dom Juan, Sganarelle	Scène de transition entre la rencontre du Commandeur et le dîner.	
Scène 2 Dom Juan, Sganarelle, La Violette	La Violette annonce le créancier M. Dimanche.	
Scène 3 Dom Juan, Sganarelle, M. Dimanche, suite	Dom Juan reçoit son créancier mais détourne la conversation au sujet de ses dettes en le flattant.	Tonalité comique. Personnage de comédie.
Scène 4 Dom Juan, Sganarelle, La Violette, Dom Louis	Dom Louis reproche à son fils sa conduite immorale et **le met en garde contre la colère de Dieu**.	Tonalité sérieuse mais conflit père/fils propre à la comédie.
Scène 5 Dom Juan, Sganarelle	Dom Juan souhaite la mort de son père. Sganarelle renonce à lui reprocher sa conduite.	
Scène 6 Dom Juan, Sganarelle, Done Elvire, Ragotin	Elvire, apaisée, demande à Dom Juan de se repentir et **le met en garde contre la colère de Dieu**.	Tonalité pathétique. Personnage de tragédie.
Scène 7 Dom Juan, Sganarelle, suite	Dom Juan et Sganarelle dînent.	Tonalité comique. Couple traditionnel de comédie.
Scène 8 Dom Juan, Sganarelle, suite, la Statue du Commandeur	La Statue du Commandeur vient dîner et invite Dom Juan pour le lendemain.	Tonalité fantastique.

Acte V - Obstination dans le péché et dénouement surnaturel

Décor : une ville.

Scène 1 Dom Juan, Sganarelle, Dom Louis	Rebondissement : Dom Juan annonce sa conversion religieuse à son père qui se réjouit.	Ce pourrait être un dénouement de comédie : tout est bien qui finit bien.
Scène 2 Dom Juan, Sganarelle	Nouveau rebondissement : Dom Juan révèle à Sganarelle que sa conversion n'est qu'une feinte et prononce un éloge paradoxal de l'hypocrisie. **Sganarelle le met en garde** maladroitement.	Genre épidictique puis tonalité comique.
Scène 3 Dom Juan, Sganarelle, Dom Carlos	Dom Carlos s'enquiert de la décision de Dom Juan, qui lui annonce qu'il ne peut prendre publiquement Elvire pour épouse en raison de sa conversion. **Dom Carlos le menace de l'attaquer**.	Dom Carlos, personnage de tragédie.
Scène 4 Dom Juan, Sganarelle	**Sganarelle met en garde Dom Juan contre la colère de Dieu**. Dom Juan défie le Ciel.	
Scène 5 Dom Juan, Sganarelle, un Spectre	Un Spectre apparaît et change d'apparence, Dom Juan s'interdit d'avoir peur. **Sganarelle le supplie de se repentir**, ce qu'il refuse.	Tonalité fantastique ou merveilleuse.
Scène 6 Dom Juan, Sganarelle, la Statue	La Statue prononce et exécute la condamnation de Dom Juan au nom de Dieu. Dom Juan brûle et est englouti dans l'abîme.	Tonalité fantastique ou merveilleuse.

Les grands thèmes de l'œuvre

Le libertinage, grand thème de la pièce

Le mot « libertin » vient du latin *libertus* qui signifie « affranchi ». Liberté et libertinage sont donc immédiatement liés. Trop souvent réduit au libertinage de mœurs, à la débauche, qui domine au XVIIIe siècle, le libertinage de pensée est celui qui s'impose au XVIIe siècle. Il se définit davantage par son refus des croyances, des superstitions et de l'autorité, en particulier religieuse, que par des positions philosophiques.

Dom Juan est sans conteste un libertin : libertin de mœurs car il multiplie les conquêtes amoureuses et mène une constante recherche du plaisir ; libertin de pensée car il interroge et remet en cause toutes formes de croyances. Ces deux aspects du personnage sont mis en évidence dès la scène d'exposition dans le portrait que Sganarelle fait de son maître, le présentant même comme un libre-penseur avant de le peindre comme un séducteur puisqu'il le définit comme « le plus grand scélérat que la terre ait jamais porté, un enragé, un chien, un Diable, un Turc, un Hérétique, qui ne croit ni Ciel, ni saint, ni Dieu, ni loup-garou » avant de le qualifier d'« épouseur à toutes mains » (I, 1, p. 14).

L'inconstance amoureuse

Si sa libre-pensée est mise en avant par Sganarelle, le nom de Dom Juan est avant tout synonyme de séducteur, comme le suggère la présence de Gusman, le valet de Done Elvire venu s'enquérir des raisons du départ de Dom Juan après son mariage avec sa maîtresse. Dès sa première apparition sur scène, Dom Juan revendique ce trait de caractère : il fait un éloge paradoxal de l'inconstance, où il inverse les valeurs traditionnelles, fait de la séduction un acte de générosité, voire un projet de vie en comparant ses aventures amoureuses aux conquêtes d'Alexandre le Grand (I, 2, p. 18). Il expose également les raisons de son départ : il envisage d'enlever une jeune fiancée à son futur mari lors d'une promenade en barque. S'il n'y réussit pas, échappant de peu à un naufrage, il se console en séduisant deux paysannes, Charlotte et Mathurine, à qui il fait miroiter un mariage synonyme d'ascension sociale et doit ruser pour leur échapper lorsqu'il se retrouve, dans la scène 4 de l'acte II, face aux deux femmes en même temps.

La libre-pensée et le rationalisme

Si Dom Juan apparaît comme un séducteur dans les deux premiers actes, il se comporte surtout en libre-penseur dans la suite de la pièce. En effet, il traduit son incrédulité face aux croyances superstitieuses défendues par Sganarelle, pour qui « il n'y a rien de plus vrai que le Moine-Bourru » (III, 1, p. 64), ce fantôme qui s'amusait à battre les passants. De plus, il affirme son rationalisme en affirmant qu'il croit que « deux et deux sont quatre » et « que quatre et quatre sont huit » (III, 3 p. 64) et remet en cause toute forme d'autorité, à commencer par celle de son père dont il souhaite la mort (IV, 5, p. 94). Il va même jusqu'à tenir tête aux manifestations surnaturelles et exprime son désir de les éprouver physiquement : « Spectre, fantôme, ou diable, [il] veu[t] voir ce que c'est » et « éprouver avec [s]on épée si c'est un corps ou un esprit » (V, 5, p. 112). Dès lors qu'il ne peut expliquer rationnellement ou expérimenter un phénomène, il refuse de le croire.

C'est pourquoi, pour éprouver Dieu, il multiplie les provocations faites au ciel en bafouant le serment du mariage, en mentant, en invitant un pauvre à blasphémer (III, 2) et en jouant au faux-dévot (V, 2). Face à l'apparition du Spectre, il lance même un défi à Dieu : « si le Ciel me donne un avis, il faut qu'il parle un peu plus clairement, s'il veut que je l'entende » (III, 4, p. 111) avant d'accepter de suivre la Statue dans la dernière scène.

Enfin, s'il ne définit pas sa position sur un plan religieux, moral et philosophique, c'est qu'il refuse tout esprit de système qui représente une forme d'enfermement et laisse le soin aux autres de mettre en évidence les failles de leurs pensées, comme dans la scène 1 de l'acte III lorsque Sganarelle se révèle incapable de prouver l'existence de Dieu.

La critique de l'hypocrisie religieuse

Toutefois, la pièce n'est pas une défense de l'incroyance, ni même un débat sur l'existence de Dieu.

À l'acte V, les spectateurs assistent à un rebondissement : Dom Juan se convertit à l'hypocrisie. Ainsi, de même qu'il avait justifié l'inconstance à l'acte I, il fait l'éloge paradoxal de ce « vice à la mode [qui passe] pour vertu » (V, 2, p. 106). Cette transformation du personnage rappelle le faux dévot dans *Le Tartuffe*, qui met en scène une satire des hypocrites religieux. Cette pièce de Molière, créée à Versailles en 1664, un an avant *Dom Juan*, a été interdite sous l'influence des membres de la Compagnie du Saint- Sacrement, le parti des dévots. Avec *Dom Juan*, Molière veut non seulement offrir aux spectateurs une pièce éblouissante, mais aussi défendre son *Tartuffe* en prouvant l'innocence de ses intentions : non, il ne s'attaque pas à la dévotion, mais aux hypocrites, comme le prouve le châtiment du personnage juste après sa conversion à l'hypocrisie. L'habileté de Molière consiste à présenter l'hypocrisie religieuse comme le plus haut degré du péché : comme le dit Sganarelle, « ceci est bien pis que le reste » (V, 4, p. 111).

Du libertinage du personnage à celui de l'auteur ?

Doit-on voir dans les idées libertines du personnage un reflet de la pensée du dramaturge ? Molière fréquentait les libertins érudits : il connaissait leurs positions et choisit, comme bien souvent dans ses comédies les plus sérieuses, de donner un caractère excessif à son héros. Il est donc vraisemblable que même s'il adhère en partie à la pensée libertine, il ne peut que condamner les provocations et l'immoralité de Dom Juan. De plus, il décide de faire mourir Dom Juan sur scène, foudroyé, mettant à mal la bienséance et la vraisemblance attendues dans une pièce classique. Pourquoi ce dénouement ? Est-ce pour donner une leçon magistrale à cet impénitent ? Il est possible d'en douter, en particulier, parce qu'elle est suivie d'un monologue comique de Sganarelle qui clôt la pièce. Cette fin serait alors un moyen habile de concilier un impératif, celui de punir un personnage immoral pour contenter ou faire taire ses détracteurs, et leur faire un pied de nez final en mettant en scène une mort spectaculaire qui sonne faux. Ainsi, la pièce, à sa manière, prolonge son questionnement religieux et métaphysique par-delà la scène en laissant à chaque spectateur le soin d'interpréter ce dénouement.

Une comédie difficile à classer

La variété de tonalités et d'inspirations du *Dom Juan* de Molière participe à son originalité. Pièce baroque alors même que triomphe le classicisme, elle est une comédie difficile à classer, traversée par de nombreuses influences. Ce mélange crée une impression de liberté et contribue à donner aux choix des metteurs en scène un caractère décisif quant à l'interprétation. *Dom Juan* est une perpétuelle source d'inspiration car chaque époque, chaque sensibilité peut en faire sa propre lecture en mettant en valeur un genre ou une tonalité.

Une dominante de comédie

Lors de sa première représentation en 1665, la pièce est présentée comme une comédie. De fait, des personnages et des saynètes typiques de ce genre y sont présents. Le couple du maître et du valet, tout au long de la pièce, et le conflit de générations entre le père et le fils, à la scène 4 de l'acte III, sont des lieux communs de la comédie.

De plus, certains passages satiriques sont typiques des comédies de Molière. La satire de l'hypocrisie religieuse, au travers de la fausse conversion de Dom Juan à l'acte V, rappelle *Le Tartuffe* (1664). Quant à la satire des médecins, c'est une constante dans l'œuvre du dramaturge, depuis *Le Médecin volant* (vers 1645-1647), une de ses premières pièces, jusqu'à la dernière, *Le Malade imaginaire* (1673), en passant par *Le Médecin malgré lui* (1666).

Enfin, le dénouement est lui aussi caractéristique d'une comédie : le méchant est puni, tout rentre dans l'ordre grâce à une intervention divine.

Des emprunts à d'autres genres légers

Plusieurs saynètes rappellent le genre de la farce, courte pièce d'origine médiévale, dont le comique repose sur des personnages bouffons et un comique grossier. L'entretien de Dom Juan avec M. Dimanche (IV, 3) rappelle ce genre. C'est surtout l'acte II qui pourrait être une farce à lui tout seul : la vanité de Pierrot, le patois comique des paysans, les coups échangés et finalement reçus par Sganarelle sont proprement farcesques.

Cet acte se présente aussi comme une **parodie de pastorale**, pièce qui met en scène les amours de bergers et de bergères vivant en harmonie avec la nature et s'exprimant dans un langage raffiné.

Quant à la gloutonnerie de Sganarelle lors de la scène du dîner (IV, 7), elle est plus précisément empruntée à la ***commedia dell'arte*** et à ses valets sots, lâches et gloutons, tels Arlequin et Scaramouche.

Le souvenir de la tragi-comédie est aussi présent. Ce genre en vogue dans la première moitié du XVIIe siècle met en scène des personnages nobles, confrontés à des difficultés tragiques au cours de nombreux rebondissements, et mêle scènes comiques et scènes tragiques avant un dénouement heureux, sans réel souci de vraisemblance. Dans *Dom Juan*, l'origine noble du personnage principal et le caractère romanesque de certains épisodes, comme celui de l'enlèvement manqué au début de l'acte II ou la rencontre des frères d'Elvire dans la forêt à l'acte III, sont des traits caractéristiques de ce genre baroque.

Le spectaculaire d'une pièce à machines

***Dom Juan* est aussi une pièce à machines, un autre style en vogue à l'époque**. Il s'agit de pièces faisant appel à des moyens mécaniques spécifiques (fils, poulies, rails, contrepoids) importés par des ingénieurs italiens vers le milieu du XVIIe siècle. Ces spectacles mettent en scène des mers déchaînées, des éclairs, des divinités et autres héros volant dans les airs dans des œuvres inspirées d'épisodes mythologiques, comme *Andromède* de Corneille (1650) ou *Psyché* (1671), tragédie-ballet coécrite par Molière, Corneille et Philippe Quinault. Les pièces à machines répondent au goût du public pour le spectaculaire et le merveilleux : lors des représentations de *Dom Juan*, Molière rencontre un succès populaire.

Ces techniques permettent une grande variété de décors successifs. Or l'action de *Dom Juan* prend place dans six lieux différents (➡ voir fiche 3, p. 132-136).

Les « machines » permettent aussi de faire apparaître le surnaturel sur scène, comme lors de la première rencontre avec la Statue du Commandeur à la fin de l'acte III ou du châtiment de Dom Juan durant le dénouement. Les effets spéciaux donnent corps à l'intervention du *deus ex machina* (« dieu issu d'une machine ») pour résoudre l'intrigue (➡ voir pages II et III du cahier photos).

L'influence de la tragédie

***Dom Juan* fait aussi une place à la tragédie au travers de personnages et de thèmes caractéristiques de ce genre**. Le thème tragique de l'honneur est ainsi incarné par Done Elvire et ses frères, Dom Carlos et Dom Alonse. Tous trois s'expriment d'ailleurs dans un style noble propre à la tragédie : en témoignent la colère d'Elvire (I, 3) mais aussi sa supplique (IV, 6), et surtout le débat entre Dom Carlos et Dom Alonse (III, 4). Le vocabulaire de l'honneur (« obligation », « mérite », « vengeance » « gloire », « cœur », etc.) et les phrases complexes exprimant les nuances de la réflexion, telles que « comme l'honneur est infiniment plus précieux que la vie, c'est ne devoir rien proprement que d'être redevable de la vie à qui nous a ôté l'honneur » (III, 4, p. 72), peuvent évoquer certains personnages des tragédies de Corneille, *Le Cid* (1637) ou *Horace* (1640). Molière connaît bien le style de cet auteur car sa troupe a joué certaines de ses pièces.

Une pièce baroque en plein classicisme

Représentée pour la première fois en 1665, *Dom Juan* appartient à une époque où le classicisme s'est imposé. Tandis que ce mouvement se caractérise par la régularité et le respect de la vraisemblance, le baroque se reconnaît à un goût pour la fantaisie et les effets de profusion et de contraste. Ce mouvement littéraire et artistique a dominé la première moitié du XVIIe siècle.

L'importance des éléments baroques

L'inconstance amoureuse, reflet de l'instabilité du monde, est un thème baroque. La tirade de Dom Juan à la scène 2 de l'acte I rappelle des discours tenus par le berger Hylas dans *L'Astrée*, un roman-fleuve baroque écrit entre 1607 et 1627 par Honoré d'Urfé. Toutefois les fluctuations des sentiments sont aussi un sujet mondain dans les années 1660.

La présence du surnaturel est aussi un élément baroque. La première version publiée de *Dom Juan*, *L'Abuseur de Séville* (1630), a d'ailleurs été écrite par un auteur baroque espagnol, Tirso de Molina (➡ voir fiche 8, p. 145-146). En effet, le problème de la vraisemblance, exigée dans une pièce classique, ne se pose pas à un auteur baroque.

La liberté de ton et de composition de la pièce relève aussi du baroque. La variété des tonalités, c'est-à-dire le mélange de scènes comiques et de scènes tragiques (➡ voir fiche 5, p. 140), est une caractéristique baroque et non classique. **La pièce ne respecte pas non plus la règle des trois unités**, qui impose que l'histoire se déroule en un seul lieu (unité de lieu) et une seule journée (unité de temps) et ne comporte qu'une seule intrigue (unité d'action). La variété des décors de *Dom Juan* (➡ voir fiche 3, p. 132-136) montre que l'unité de lieu n'est pas respectée. Quant à l'unité de temps, elle est respectée dans la mesure où l'histoire est supposée se dérouler en une journée et demie. En effet, lorsqu'elle revient sur scène à la scène 6 de l'acte IV, Elvire affirme : « vous me voyez bien changée de ce que j'étais ce matin » (p. 95-96), ce qui suppose qu'il ne s'est déroulé qu'une journée depuis le début de la pièce. À la scène 8, la Statue invite Dom Juan « à venir demain souper avec [elle] » (p. 102) et, à la scène 1 de l'acte V, Dom Juan déclare à son père : « je ne suis plus le même d'hier au soir » (p. 103), ce qui ajoute une nuit et une partie de la journée suivante. Toutefois, le respect de cette unité est forcé car il est peu probable que tant d'événements, dont un naufrage, une fuite dans la forêt et une série d'entretiens avec des visiteurs, tiennent en si peu de temps. Enfin, pour ce qui est de l'unité d'action, il y a bien une unité thématique autour du personnage de Dom Juan, de ses provocations et des avertissements que lui adressent les autres personnages, mais la pièce donne aussi l'impression d'une succession de saynètes au gré des rencontres.

***Dom Juan* semble donc bien plus être une pièce baroque qu'une pièce classique.** Cependant, Molière hérite de tous ces éléments lorsqu'il décide de reprendre le sujet, introduit auparavant par des œuvres baroques (➡ voir fiche 7, p. 144); cela ne doit pas cacher l'inspiration classique de son texte.

Des aspects classiques

Tout d'abord, dans la version de Molière, l'action est relativement figée, ce qui éloigne la pièce du goût baroque pour le mouvement et tend à la rapprocher des règles du classicisme. Par exemple, la fuite dans la forêt à l'acte III se présente davantage comme une pause que comme une course-poursuite. Le seul moment d'action, le combat à l'épée de Dom Juan aux côtés de Dom Carlos, se déroule en coulisses. De même, le personnage est immobilisé à un carrefour de la ville à l'acte V.

Par rapport aux versions antérieures, Molière a aussi supprimé les épisodes de la tentative de viol de la fille du Commandeur et du meurtre de celui-ci, qui ne sont qu'évoqués dans la pièce. Là encore, cela limite l'action.

De manière plus générale, Dom Juan apparaît moins comme un homme d'action que comme un héros de la parole. Éloquent lorsqu'il prononce un éloge de l'infidélité (I, 2) ou de l'hypocrisie (V, 2), il maîtrise aussi l'art de la flatterie auprès de Charlotte (II, 2) et celui de l'esquive verbale quand Charlotte et Mathurine le pressent de les départager (II, 4), que son valet l'interroge sur ses croyances (III, 1), ou encore quand Dom Carlos lui réclame un duel (V, 3).

Par ailleurs, la pièce répond au double but des auteurs se réclamant du classicisme : « plaire et instruire », *placere* et *docere*, en latin. Le choix du sujet illustre en effet la double stratégie de Molière. Celui-ci veut offrir un spectacle éblouissant grâce aux changements de décors et aux effets spéciaux que permettent les machines. Les recettes des premières représentations témoignent du succès de la pièce auprès du public. Molière veut aussi répondre aux accusations qui ont conduit, l'année précédente, à l'interdiction de son *Tartuffe*, satire des hypocrites religieux. Dans *Dom Juan*, le châtiment divin de l'athée après sa décision de devenir un faux dévot doit prouver que le dramaturge n'a jamais voulu tourner en dérision la religion et la vraie dévotion, mais seulement ceux qui en tirent profit. Comme il l'affirmait dans un texte pour défendre *Le Tartuffe*, la comédie doit corriger les mœurs en divertissant les spectateurs.

L'histoire du texte

Le texte de Molière n'a jamais été publié de son vivant et nous n'en avons connaissance que par des éditions qui en donnent des versions légèrement différentes.

Le succès éphémère du texte de Molière

La pièce est jouée pour la première fois au théâtre du Palais-Royal le 15 février 1665, sous le titre *Le Festin de Pierre*. Pendant cinq semaines, la pièce est jouée quinze fois avec succès. Néanmoins, dès la seconde représentation, la troupe procède à des coupes, supprimant notamment la scène du pauvre (III, 2). En mars 1665, les représentations sont suspendues en raison des fêtes de Pâques. Elles ne reprendront plus du vivant de Molière. Certains y ont vu l'effet de la censure, voire un désaveu de Louis XIV. Pourtant, en août, la troupe de Molière reçoit le titre de « troupe du roi » et, dès mars 1665, Molière obtient l'autorisation de publier son texte.

Si la pièce n'a pas été jouée après mars 1665, il est donc plus probable que ce soit d'abord pour des raisons de programmation théâtrale, ensuite pour des raisons pratiques (le dispositif scénique qu'elle exige était difficile à manœuvrer dans la salle du Palais-Royal).

Un autre texte pour complaire à la censure

Après la mort de Molière en 1673, sa veuve Armande Béjart et le comédien La Grange (interprète de Dom Juan en 1665) passent un accord avec **Thomas Corneille** (frère du dramaturge Pierre Corneille) pour qu'il **adapte la pièce en vers** et fasse disparaître les passages trop polémiques, comme la scène du pauvre. À partir de 1677, c'est ce texte que joue la troupe, toujours signé du nom de Molière.

Premières éditions et censure

La première édition du texte de Molière est publiée en 1682. C'est alors que la pièce prend le titre de *Dom Juan*. Les éditeurs anticipant la censure, le texte a été amputé de certains passages : les réflexions de Sganarelle sur le « Moine-Bourru » (III, 1), le passage du blasphème dans la scène du pauvre (III, 2) et la réclamation de ses gages par Sganarelle (V, 6). **Toutefois, la censure exige des modifications plus importantes**, faites sous forme de « cartons » collés sur les pages : la discussion sur la religion entre Sganarelle et Dom Juan (III, 1) et presque toute la scène du pauvre (III, 2) sont supprimées. On parle, pour ces deux publications de 1682, de l'édition « non-cartonnée » et de l'édition « cartonnée ». L'année suivante, en 1683, une édition plus complète mais comportant des erreurs de lecture paraît aux Pays-Bas, pour échapper à la censure.

Les réécritures du mythe de Don Juan

Alors qu'aujourd'hui le nom de Don Juan évoque d'emblée un séducteur et qu'il est utilisé comme nom commun (on parle d'un don juan et même de donjuanisme), il n'avait pas de signification particulière pour un spectateur du XVIIe siècle. **Entre-temps, le personnage est devenu un mythe**, c'est-à-dire un récit transmis par la tradition et mettant en scène des êtres qui incarnent des questionnements fondamentaux pour l'être humain. **Ainsi, Don Juan exprime une interrogation essentielle sur la place de l'homme dans le monde et sur son rapport au divin**, que chaque époque a réinterprétée en fonction de ses problématiques propres.

Avant Molière

La première version écrite de l'histoire de Don Juan est *L'Abuseur de Séville* (1630), une comédie de l'auteur espagnol Tirso de Molina (vers 1583-1648). Cette pièce baroque illustre la morale chrétienne : Don Juan est un trompeur qui multiplie les mauvaises actions et remet sans cesse son repentir au lendemain ; il est foudroyé pour n'avoir pas su demander le pardon de Dieu à temps, mais il n'est pas athée.

Les comédiens italiens ont ensuite fait découvrir le sujet aux spectateurs parisiens. Usant de machines pour les effets spéciaux, ils ont mis en avant la dimension fantastique de la pièce. Le sujet était à la mode et deux autres versions, écrites par des auteurs français, ont été jouées avant celle de Molière.

Avec Molière

En 1665, Molière fait de Dom Juan un incroyant. Cette transformation est une façon de répondre aux accusations qui avaient conduit à l'interdiction de son *Tartuffe* l'année précédente : non, il ne tournait pas en dérision la religion, il critiquait les faux dévots ; pour preuve, l'athée Dom Juan subit le châtiment de Dieu à la fin de la pièce. Si celle-ci ne subit pas directement la censure du vivant de Molière, après sa mort, **sa réécriture en vers par Thomas Corneille (frère du dramaturge Pierre Corneille) en 1677, témoigne d'une évolution moralisatrice.** La scène la plus controversée, celle du pauvre (III, 2), est supprimée et le dénouement prend la forme d'une leçon solennelle.

Les deux pièces s'intitulent alors *Le Festin de Pierre* ; le titre *Dom Juan* n'est donné à la pièce de Molière que lors de sa publication en 1682, pour la distinguer de celle de Thomas Corneille.

Après Molière

Au XVIIIe siècle, le sujet fait l'objet de réécritures dans plusieurs pays européens. Lorenzo Da Ponte propose le sujet à Mozart qui compose la musique de l'opéra *Don Giovanni*

(1787). Dès lors, le héros devient un mythe. **Don Juan est présenté comme un homme dont la vie est gouvernée par le désir**. L'énergie, la sensualité et la noblesse du personnage renouvellent l'image de Don Juan. En 2006, le réalisateur Michael Haneke souligne l'actualité du mythe par sa mise en scène de cet opéra. Il propose une interprétation résolument moderne du texte de Da Ponte en le transposant dans le monde de l'entreprise. Il situe ainsi l'intrigue dans un immeuble moderne, fait du héros un jeune loup de la finance portant costume et cravate, et remplace les paysannes, proies du séducteur, par des femmes de ménage.

Au XIXe siècle, les écrivains européens s'approprient la figure de Don Juan qui devient, sous la plume de certains, l'incarnation du héros romantique : personnage mélancolique et solitaire, il se révolte contre la société et lance un défi à Dieu.

Au XXe siècle, plusieurs auteurs imaginent un Don Juan vieillissant, comme Éric-Emmanuel Schmitt dans sa pièce *La Nuit de Valognes* (1989) ou, avant lui, Albert Camus dans son essai *Le Mythe de Sisyphe* (1942). Cet écrivain fait de Don Juan l'incarnation de sa philosophie : c'est un homme qui prend conscience de l'absence de sens du monde (ce que Camus nomme l'absurde).

Ces réécritures ont influencé les représentations de la pièce de Molière.

Illustration d'une scène de l'opéra *Don Giovanni* (1787) de Mozart durant laquelle le héros défie les convives d'un bal masqué, gravure, XIXe siècle.

Le tour de l'œuvre en 10 fiches

Histoire des arts

Le texte de *Dom Juan* et ses représentations

Une pièce à machines

Dom Juan **est une pièce à machines : sa représentation repose sur des changements de décors et des effets spéciaux.** D'après le contrat passé entre la troupe de Molière et deux peintres, nous savons en effet que le dramaturge avait prévu six décors (➡ voir fiche 3, p. 132-136). La représentation de ces lieux successifs requiert un dispositif technique important. Molière a aussi prévu l'apparition d'un Spectre dès l'acte III puis sa réapparition, sa métamorphose et sa disparition à l'acte V. Le dénouement suppose l'ouverture d'une trappe qui fait disparaître le héros au milieu de flammes pour lesquelles était utilisée de la résine de pin facilement inflammable.

Selon l'interprétation qu'en donnent les metteurs en scène, le dénouement n'est pas toujours traité de façon aussi spectaculaire dans les représentations plus récentes de la pièce.

Des représentations ou des interprétations à succès

À partir du milieu du XIXe siècle et surtout du milieu du XXe siècle, les représentations de la pièce sont de plus en plus fréquentes. Celles-ci sont souvent des interprétations nourries de l'évolution du mythe de Don Juan depuis l'époque de Molière.

En 1947, Louis Jouvet centre sa mise en scène sur le problème religieux. La foi naïve de Sganarelle assure le ton comique tandis que Dom Juan est un cynique amer et désabusé à la recherche de Dieu. Les décors et les costumes, où dominent le noir et le blanc, témoignent d'un parti pris lugubre. Le dénouement notamment est macabre : après les dernières paroles de Dom Juan, la scène se transforme en une crypte où se trouvent quatre squelettes et un cercueil de marbre ; Dom Juan est étendu dans ce cercueil, son corps est intact mais sa tête est celle d'un squelette.

Dans son adaptation de 1965, Marcel Bluwal présente Dom Juan comme un héros romantique. Son film en noir et blanc met en scène un cavalier habillé de cuir noir, qui s'interroge sur le sens de sa vie et se dirige volontairement vers sa propre mort. Dans les scènes du dénouement, à la vue du Spectre, il abandonne son cheval, puis son épée, gravit les marches d'un bâtiment où se trouve la Statue d'un Commandeur immense avant d'être englouti par le sol qui s'effondre sous ses pieds (➡ voir la photographie reproduite dans le cahier photos, p. III).

En 1969, Patrice Chéreau insiste sur la dimension politique de la pièce en imaginant une mise en scène qui rende compte des menaces qui pèsent sur Dom Juan, celles des hommes et celles du Ciel. Échafaudages, grues, poulies transforment la scène et entravent les déplacements de Dom Juan. Lors du dénouement, la statue se dédouble et deux grandes marionnettes de plâtre tuent le personnage à coups de poings et de pieds.

Au début des années 2000, Daniel Mesguich met en avant la dimension comique de la pièce en faisant de Sganarelle un véritable clown. Lors de la scène du pauvre, devant lequel il finit par s'agenouiller, Dom Juan semble touché par la foi et presque halluciné. C'est par son propre vice qu'il est châtié : à la fin du spectacle, quatre statues de femmes nues l'entraînent vers son lit, se glissent avec lui sous un drap avant de révéler sa disparition dans un trou béant.

De 1993 à 2004, Jacques Lassalle propose une nouvelle mise en scène à la Comédie-Française, représentant un Dom Juan profondément méchant et suicidaire qui ne croit plus en rien, ni même en lui (➡ voir les photographies reproduites au verso de la couverture et dans le cahier photos, p. II). Le dénouement est fidèle à l'œuvre de Molière : Dom Juan s'approche de la Statue en brandissant son épée, comme s'il s'agissait d'une sorte de duel, puis gravit seul les marches pour tendre la main au Commandeur. Toutefois, la surprise ou la terreur finit par le submerger, il chute du piédestal. L'avancée du décor permet enfin de pousser Dom Juan qui tombe dans une trappe en bord de scène. Sur scène, seul reste Sganarelle.

En 2011, Julie Brochen imagine une mise en scène épurée, où le sol est constitué d'une sorte d'échiquier, soulignant le jeu tragique qui mène à la mort du héros (➡ voir les photographies reproduites dans le cahier photos, p. II et IV). Mais celle-ci n'est pas présentée comme un châtiment divin : dans cette mise en scène, nul *deus ex machina*, nulle « machine » pour faire s'ouvrir le sol, Dieu semble absent. Le Commandeur, lui, est bien présent, et Julie Brochen a pris le parti d'en donner une version féminine (➡ voir la photographie reproduite dans le cahier photos, p. II), peut-être pour incarner la vengeance des femmes trompées par le séducteur.

En 2013-2014, Jean-Pierre Vincent propose à son tour une mise en scène pour la Comédie-Française (➡ voir les photographies reproduites au verso de la couverture et dans le cahier photos, p. I et II). Constatant que la pièce est « un chef-d'œuvre lesté par le temps, surchargé de notices », il opère un retour au texte et souhaite en donner une interprétation la plus proche possible, affranchie du mythe. Il propose néanmoins un dénouement étonnant. Dom Juan, à terre, se relève quelques instants après la dernière réplique de Sganarelle. Il étreint son valet et tous deux quittent alors la scène d'un pas vif, évitant la Statue immobile encore en scène. Cette réécriture du dénouement en accentue la tonalité fantastique, laissant le spectateur incertain sur la réalité de ce qu'il a vu précédemment.

Citations

Dom Juan

« Tout le plaisir de l'amour est dans le changement. »

Dom Juan (I, 2)

« Monsieur, j'ai toujours ouï dire que c'est une méchante raillerie que de se railler du Ciel, et que les libertins ne font jamais une bonne fin. »

Sganarelle (I, 2)

« Mon maître est un fourbe ; il n'a dessein que de vous abuser, et en a bien abusé d'autres ; c'est l'épouseur du genre humain, et… *(Il aperçoit Dom Juan.)* Cela est faux ; et quiconque vous dira cela, vous lui devez dire qu'il en a menti. Mon maître n'est point l'épouseur du genre humain, il n'est point fourbe, il n'a pas dessein de vous tromper, et n'en a point abusé d'autres. »

Sganarelle (II, 4)

« J'ai voulu soutenir l'honneur de mon habit : j'ai raisonné sur le mal, et leur ai fait des ordonnances à chacun. »

Sganarelle (III, 1)

« Je crois que deux et deux sont quatre, Sganarelle, et que quatre et quatre sont huit. »

Dom Juan (III, 2)

« Et qu'avez-vous fait dans le monde pour être gentilhomme ? Croyez-vous qu'il suffise d'en porter le nom et les armes, et que ce nous soit une gloire d'être sorti d'un sang noble lorsque nous vivons en infâmes ? Non, non, la naissance n'est rien où la vertu n'est pas. »

Dom Louis (IV, 4)

« Je vous ai aimé avec une tendresse extrême, rien au monde ne m'a été si cher que vous ; j'ai oublié mon devoir pour vous, j'ai fait toutes choses pour vous ; et toute la récompense que je vous en demande, c'est de corriger votre vie, et de prévenir votre perte. Sauvez-vous, je vous prie, ou pour l'amour de vous, ou pour l'amour de moi. »

Done Elvire (IV, 6)

« L'hypocrisie est un vice à la mode, et tous les vices à la mode passent pour vertus. »

Dom Juan (V, 2)

« Non, non, rien n'est capable de m'imprimer de la terreur, et je veux éprouver avec mon épée si c'est un corps ou un esprit. [...] Non, non, il ne sera pas dit, quoi qu'il arrive, que je sois capable de me repentir. »

Dom Juan (V, 5)

« Dom Juan, l'endurcissement au péché traîne une mort funeste, et les grâces du Ciel que l'on renvoie ouvrent un chemin à sa foudre. »

La Statue du Commandeur (V, 6)

« Ah ! mes gages, mes gages ! Voilà par sa mort un chacun satisfait : Ciel offensé, lois violées, filles séduites, familles déshonorées, parents outragés, femmes mises à mal, maris poussés à bout, tout le monde est content. Il n'y a que moi seul de malheureux. Mes gages, mes gages, mes gages ! »

Sganarelle (V, 6)

À propos de *Dom Juan*

« Un valet infâme, fait au badinage de son maître, dont toute la créance aboutit au Moine-Bourru : *car pourvu que l'on croie le Moine-Bourru, tout va bien, le reste n'est que bagatelle* ; [...] et enfin un Molière pire que tout cela, habillé en Sganarelle, qui se moque de Dieu et du diable ; qui joue le Ciel et l'Enfer, qui souffle le chaud et le froid, qui confond la vertu et le vice : qui croit et ne croit pas, qui pleure et qui rit, qui reprend et qui approuve, qui est censeur et athée, qui est hypocrite et libertin, qui est homme et démon tout ensemble : *un diable incarné*, comme lui-même se définit. Et cet homme de bien appelle cela corriger les mœurs des hommes en les divertissant. [...]

Ce prétendu foudre apprête un nouveau sujet de risée aux spectateurs, et n'est qu'une occasion à Molière pour braver en dernier ressort la justice du Ciel, avec une âme de valet intéressée, en criant *mes gages, mes gages.* »

Sieur de Rochemont, *Observations sur une comédie de Molière intitulée* Le Festin de Pierre [1665], dans Molière, *Œuvres complètes*, t. II, Gallimard, « Bibliothèque de la Pléiade », 2010.

« Je crois surtout que ce soir où Don Juan attendait chez Anna, le Commandeur ne vint pas et que l'impie dut sentir, passé minuit, la terrible amertume de ceux qui ont eu raison. »

Albert Camus, *Le Mythe de Sisyphe* [1942],
Gallimard, « Folio essais », 2013.

« Tout le problème de Don Juan revient donc à rendre compte de l'aggravation moderne du conflit entre l'aspiration noble à la surhumanité et la loi chrétienne. [...] Les grands de ce monde ont profité de [l'élargissement des connaissances et de l'horizon humain au début des temps modernes] pour rejeter avec éclat une morale d'abstinence et d'humilité qu'ils avaient toujours impatiemment soufferte. Mais ils n'ont pu se vouer aussi impudemment à la religion du plaisir qu'en perdant à quelque degré leur responsabilité devant l'ensemble du corps social. Le libertinage moral, désaveu cynique de la vieille idée selon laquelle "noblesse oblige" longuement et vainement opposée à Don Juan par son père, aboutit à rejeter ses adeptes hors de toute position sociale et effective. Ce grand seigneur demi-dieu est en même temps un grand seigneur déchu. [...]

Molière, tenté avant tout de reproduire fidèlement un état de choses, ne semble pas avoir beaucoup pensé à prendre position lui-même dans le débat : le prestige qu'il a donné à son héros était conforme au sentiment, secret tout au moins, du public ; mais ce prestige est fortement compensé par une adhésion, non moins évidente, à la réprobation qui entourait le personnage. Il n'y a là rien de contradictoire. Le "grand seigneur méchant homme" intimide et révolte à la fois. »

Paul Bénichou, *Morales du grand siècle* [1948],
Gallimard, « Folio essais », 1988.

« "Libertin sans savoir pourquoi", cet esprit fort à l'esprit court devait s'abstenir de toute justification argumentée sur les raisons de son incroyance. »

Georges Forestier et Claude Bourqui, notice du *Festin de Pierre*,
dans Molière, *Œuvres complètes*, t. II,
Gallimard, « Bibliothèque de la Pléiade », 2010.

« *Dom Juan* ou plutôt *Le Festin de Pierre* est un chef-d'œuvre lesté par le temps, surchargé de notices, davantage qu'une pièce peut-être [...]. C'est donc à nous, en ce début de XXIe siècle, après tant de fortes mises en scène, de retrouver la piste, de faire le pont, le lien, le liant, entre ce passé lointain et agité et notre présent préoccupant. »

Jean-Pierre Vincent, programme de *Dom Juan* pour la mise en scène
à la Comédie-Française, 2013-2014.

Groupements de textes

Groupement 1

Paroles de séducteur

La séduction, la capacité à provoquer de l'attirance chez l'autre, ne se réduit pas à l'apparence physique. Elle est souvent tout entière contenue dans les discours prononcés et les rêveries qu'ils suscitent. C'est ce que met en évidence Dom Juan dans la scène où il séduit Charlotte en encourageant son désir d'ascension sociale. Le propre du séducteur est donc de tenir le discours que la belle a envie d'entendre. Ainsi, dans *Le Mariage de Figaro* (texte 1), le Comte Almaviva flatte celle qu'il pense être Suzanne, alors qu'il s'agit de La Comtesse déguisée, en vantant sa beauté et en la comparant à sa maîtresse pour la valoriser. De même, dans *Cyrano de Bergerac* (texte 4), Cyrano, qui se fait passer pour Christian, séduit Roxane en lui exposant, de manière poétique, la force de ses sentiments et ce qu'ils provoquent en lui. Elle est sensible à la beauté de son langage, elle qui avait repoussé Christian lorsqu'il s'était révélé incapable de lui parler d'amour. Dans *On ne badine pas avec l'amour* (texte 3), Perdican, lui aussi, séduit par ses mots celle qu'il aime, mais ce n'est pas à elle qu'il semble s'adresser car il parle à Rosette, la jeune paysanne avec laquelle il la rend jalouse. De plus, la situation peut jouer en faveur du séducteur, même si son discours n'est pas particulièrement éloquent. C'est le cas dans

Madame Bovary (texte 2), où la scène se déroule dans un comice agricole suggérant une vie de province sans poésie. Les paroles mêmes peu originales de Rodolphe ne peuvent qu'en être valorisées. C'est cette même impression qui domine dans *Bel-Ami* (texte 5), car si le discours de Georges est rationnel et ne fait pas appel aux sentiments, il se propose comme un soutien pour Madeleine qui est désormais seule et lui renvoie une image d'elle-même valorisante. Enfin, Solal dans *Belle du Seigneur* (texte 6), va réussir à tenir un double discours sur l'amour : il en dénonce les facilités et les clichés qui fonctionnent avec les femmes en même temps qu'il les emploie, ce qui ne manque pas d'être efficace, en particulier lorsqu'il ouvre un horizon fantasmatique dans une vie de couple étriquée et sans passion.

Beaumarchais, *Le Mariage de Figaro*

➡Voir explication linéaire, p. 176-178

Beaumarchais (1732-1799) doit attendre six ans pour que sa pièce *Le Mariage de Figaro* soit jouée en 1784 tant sa comédie est engagée et remet en cause la société de son temps. Il ne se contente pas d'y dénoncer les privilèges de la noblesse, mais il y critique aussi les injustices faites aux femmes, comme le met en lumière l'attitude du Comte Almaviva. En effet, celui-ci cherche à retarder la noce de son valet Figaro avec Suzanne, car il espère obtenir les faveurs de la jeune femme avant son mariage. Pendant que Figaro se démène toute la journée pour déjouer les stratagèmes de son maître, et protéger sa fiancée des avances du Comte, Suzanne et sa maîtresse, la Comtesse, mettent au point un plan imparable. La Comtesse se fera passer pour Suzanne auprès du Comte pour mettre en évidence son infidélité et lui donner une bonne leçon. Dans cette scène, le séducteur pense donc faire la cour à Suzanne en s'adressant à sa femme.

Le Comte *prend la main de sa femme.* – Mais quelle peau fine et douce, et qu'il s'en faut que la comtesse ait la main aussi belle !

La Comtesse, *à part.* – Oh ! la prévention[1] !

Le Comte. – A-t-elle ce bras ferme et rondelet ? ces jolis doigts pleins de grâce et d'espièglerie ?

La Comtesse, *de la voix de Suzanne.* – Ainsi l'amour ?...

Le Comte. – L'amour... n'est que le roman du cœur : c'est le plaisir qui en est l'histoire ; il m'amène à tes genoux.

La Comtesse. – Vous ne l'aimez plus ?

Le Comte. – Je l'aime beaucoup ; mais trois ans d'union rendent l'hymen si respectable !

La Comtesse. – Que vouliez-vous en elle ?

Le Comte, *la caressant.* – Ce que je trouve en toi, ma beauté...

La Comtesse. – Mais dites donc.

Le Comte. – ... Je ne sais : moins d'uniformité[2] peut-être, plus de piquant dans les manières ; un je-ne-sais-quoi qui fait le charme ; quelquefois un refus, que sais-je ? Nos femmes croient tout accomplir en nous aimant : cela dit une fois, elles nous aiment, nous aiment ! (quand elles nous aiment), et sont si complaisantes et si constamment obligeantes[3], et toujours, et sans relâche, qu'on est tout surpris un beau soir de trouver la satiété[4] où l'on recherchait le bonheur !

La Comtesse, *à part.* – Ah ! quelle leçon !

Le Comte. – En vérité, Suzon, j'ai pensé mille fois que si nous poursuivons ailleurs ce plaisir qui nous fuit chez elles, c'est qu'elles n'étudient pas assez l'art de soutenir notre goût, de se renouveler à l'amour, de ranimer, pour ainsi dire, le charme de leur possession par celui de la variété.

La Comtesse, *piquée.* – Donc elles doivent tout ?...

Le Comte, *riant.* – Et l'homme rien ? Changerons-nous la marche de la nature ? notre tâche à nous fut de les obtenir : la leur...

---

1. **Prévention** : préjugé.
2. **Uniformité** : monotonie.
3. **Obligeantes** : attentionnées.
4. **Satiété** : lassitude, ici dégoût après avoir assouvi son désir.

La Comtesse. – La leur?…

Le Comte. – Est de nous retenir : on l'oublie trop.

Beaumarchais, *Le Mariage de Figaro* [1784],
Belin-Gallimard, « Classico », 2019.

Gustave Flaubert, *Madame Bovary*

Réaliste, Gustave Flaubert (1821-1880) est un auteur qui peint de manière subtile et ironique la médiocrité de la vie de province et le désespoir qu'elle peut générer. Dans *Madame Bovary*, il décrit comment une jeune femme influencée par ses lectures et les stéréotypes romantiques se retrouve enfermée dans une vie conjugale ennuyeuse.
En effet, Emma épouse Charles Bovary, un officier de santé qui fait office de médecin à Tostes en Normandie, en pensant échapper à sa condition paysanne mais éprouve rapidement une vive désillusion. Cet extrait se déroule au comice agricole où Rodolphe, riche propriétaire du château de la Huchette, profite de l'occasion pour la séduire. Ainsi, ses propos visant à lui plaire sont régulièrement entrecoupés par des bribes du discours prononcé par le conseiller de préfecture venu pour remettre les différents prix au cours d'une cérémonie.

– Ainsi, nous, disait-il, pourquoi nous sommes-nous connus ? quel hasard l'a voulu ? C'est qu'à travers l'éloignement, sans doute, comme deux fleuves qui coulent pour se rejoindre, nos pentes particulières nous avaient poussés l'un vers l'autre.

Et il saisit sa main ; elle ne la retira pas.

« Ensemble de bonnes cultures ! » cria le président.

– Tantôt, par exemple, quand je suis venu chez vous…

« À M. Bizet, de Quincampoix[1]. »

– Savais-je que je vous accompagnerais ?

« Soixante et dix francs ! »

– Cent fois même j'ai voulu partir, et je vous ai suivie, je suis resté.

---

1. L'extrait contient de nombreux noms propres comme « M. Bizet » et des noms de lieux, comme « Quincampoix », car il s'agit d'annoncer les vainqueurs de chaque concours pour leur remettre un prix.

« Fumiers. »

– Comme je resterais ce soir, demain, les autres jours, toute ma vie !

« À M. Caron, d'Argueil, une médaille d'or ! »

– Car jamais je n'ai trouvé dans la société de personne un charme aussi complet.

« À M. Bain, de Givry-Saint-Martin ! »

– Aussi, moi, j'emporterai votre souvenir.

« Pour un bélier mérinos… »

– Mais vous m'oublierez, j'aurai passé comme une ombre.

« À M. Belot, de Notre-Dame… »

– Oh ! non, n'est-ce pas, je serai quelque chose dans votre pensée, dans votre vie ?

« Race porcine, prix *ex æquo*: à MM. Lehérissé et Cullembourg ; soixante francs ! »

Rodolphe lui serrait la main, et il la sentait toute chaude et frémissante comme une tourterelle captive qui veut reprendre sa volée ; mais, soit qu'elle essayât de la dégager ou bien qu'elle répondît à cette pression, elle fit un mouvement des doigts ; il s'écria :

– Oh ! merci ! Vous ne me repoussez pas ! Vous êtes bonne ! vous comprenez que je suis à vous ! Laissez que je vous voie, que je vous contemple !

Un coup de vent qui arriva par les fenêtres fronça le tapis de la table, et, sur la Place, en bas, tous les grands bonnets des paysannes se soulevèrent, comme des ailes de papillons blancs qui s'agitent.

« Emploi de tourteaux de graines oléagineuses », continua le président.

Il se hâtait :

« Engrais flamand, – culture du lin, – drainage, – baux à longs termes, – services de domestiques. »

Rodolphe ne parlait plus. Ils se regardaient. Un désir suprême faisait frissonner leurs lèvres sèches ; et mollement, sans effort, leurs doigts se confondirent.

Gustave Flaubert, *Madame Bovary* [1857],
Belin-Gallimard, « Classico », 2012.

Alfred de Musset, *On ne badine pas avec l'amour*

Alfred de Musset (1810-1857), dramaturge, poète et écrivain romantique, s'inspire de ses amours malheureuses avec l'auteure George Sand pour écrire sa pièce de théâtre *On ne badine pas avec l'amour*. Cette comédie dramatique met en scène Camille et Perdican, des cousins, élevés ensemble par le Baron, qui projette de les marier. Les deux jeunes gens se retrouvent après une longue séparation pendant laquelle ils ont fait leurs études, Camille au couvent et Perdican à l'université. Si Perdican est séduit par le dessein de son père, Camille, en revanche, dit souhaiter retourner au couvent et se faire religieuse. Peu avant son départ, Perdican intercepte une lettre dans laquelle elle présente le jeune homme comme désespéré de son refus et très épris d'elle. Par orgueil, mais aussi parce qu'il éprouve des sentiments pour elle, il décide de lui faire admettre qu'elle l'aime aussi. Pour ce faire, il décide de séduire sa sœur de lait, Rosette, sous les yeux de Camille à qui il donne rendez-vous en même temps qu'à la jeune paysanne.

CAMILLE, *à part*. – Il a jeté ma bague dans l'eau.

PERDICAN. – Sais-tu ce que c'est que l'amour, Rosette ? Écoute ! Le vent se tait ; la pluie du matin roule en perles sur les feuilles séchées que le soleil ranime. Par la lumière du ciel, par le soleil que voilà, je t'aime. Tu veux bien de moi, n'est-ce pas ? On n'a pas flétri ta jeunesse ? on n'a pas infiltré dans ton sang vermeil les restes d'un sang affadi ? Tu ne veux pas te faire religieuse ; te voilà jeune et belle dans les bras d'un jeune homme ; ô Rosette, Rosette, sais-tu ce que c'est que l'amour ?

ROSETTE. – Hélas ! monsieur le docteur[1], je vous aimerai comme je pourrai.

PERDICAN. – Oui, comme tu pourras ; et tu m'aimeras mieux, tout docteur que je suis, et toute paysanne que tu es, que ces pâles statues fabriquées par les nonnes[2], qui ont la tête à la place du cœur, et qui sortent des cloîtres[3] pour venir répandre dans la

1. **Docteur** : qui a un doctorat (diplôme universitaire le plus élevé).
2. **Nonnes** : religieuses.
3. **Cloîtres** : couvents.

vie l'atmosphère humide de leurs cellules[1] ; tu ne sais rien ; tu ne lirais pas dans un livre la prière que ta mère t'apprend, comme elle l'a apprise de sa mère ; tu ne comprends même pas le sens des paroles que tu répètes, quand tu t'agenouilles au pied de ton lit ; mais tu comprends bien que tu pries, et c'est tout ce qu'il faut à Dieu.

Rosette. – Comme vous me parlez, monseigneur !

Perdican. – Tu ne sais pas lire ; mais tu sais ce que disent ces bois et ces prairies, ces tièdes rivières, ces beaux champs couverts de moissons, toute cette nature splendide de jeunesse. Tu reconnais tous ces milliers de frères, et moi pour l'un d'entre eux ; lève-toi ; tu seras ma femme, et nous prendrons racine ensemble dans la sève du monde tout-puissant.

(Il sort avec Rosette.)

Alfred de Musset, *On ne badine pas avec l'amour* [1834], Belin-Gallimard, « Classico », 2022.

Edmond Rostand, *Cyrano de Bergerac*

➡Voir commentaire, p. 184-185

Edmond Rostand (1868-1918) doit sa postérité à sa pièce *Cyrano de Bergerac* qui lui a permis d'accéder au succès. Cette comédie héroïque est centrée sur le personnage de Cyrano de Bergerac, connu pour savoir manier les mots et l'épée, qui aime éperdument sa cousine Roxane, mais n'ose pas lui déclarer sa flamme car il est affublé d'un gigantesque nez. Roxane, elle, est attirée par Christian, mais attend de son séducteur qu'il la courtise et lui fasse part de son amour dans des discours enchanteurs, ce qu'il est incapable de faire. C'est pourquoi Cyrano lui vient en aide en prenant sa place au pied du balcon de Roxane, qui ne peut le voir à cause de l'obscurité et des feuillages. Il tient alors un discours émouvant, sincère, et lui déclare ses sentiments en se faisant passer pour Christian.

1. **Cellules** : chambres dans un couvent.

ROXANE

Eh bien ! si ce moment est venu pour nous deux,
Quels mots me direz-vous ?

CYRANO

Tous ceux, tous ceux, tous ceux
Qui me viendront, je vais vous les jeter, en touffe,
Sans les mettre en bouquet : je vous aime, j'étouffe,
Je t'aime, je suis fou, je n'en peux plus, c'est trop ;
Ton nom est dans mon cœur comme dans un grelot,
Et comme tout le temps, Roxane, je frissonne,
Tout le temps, le grelot s'agite, et le nom sonne !
De toi, je me souviens de tout, j'ai tout aimé :
Je sais que l'an dernier, un jour, le douze mai,
Pour sortir le matin tu changeas de coiffure !
J'ai tellement pris pour clarté ta chevelure
Que comme lorsqu'on a trop fixé le soleil,
On voit sur toute chose ensuite un rond vermeil[1],
Sur tout, quand j'ai quitté les feux dont tu m'inondes,
Mon regard ébloui pose des taches blondes !

ROXANE, *d'une voix troublée.*

Oui, c'est bien de l'amour...

CYRANO

Certes, ce sentiment
Qui m'envahit, terrible et jaloux, c'est vraiment
De l'amour, il en a toute la fureur triste !
De l'amour, – et pourtant il n'est pas égoïste !
Ah ! que pour ton bonheur je donnerais le mien,
Quand même tu devrais n'en savoir jamais rien,
S'il se pouvait, parfois, que de loin, j'entendisse
Rire un peu le bonheur né de mon sacrifice !
– Chaque regard de toi suscite une vertu
Nouvelle, une vaillance en moi ! Commences-tu

---

1. **Vermeil** : rouge éclatant.

À comprendre, à présent ? voyons, te rends-tu compte ?
Sens-tu mon âme, un peu, dans cette ombre, qui monte ?…
Oh ! mais vraiment, ce soir, c'est trop beau, c'est trop doux !
Je vous dis tout cela, vous m'écoutez, moi, vous !
C'est trop ! Dans mon espoir même le moins modeste,
Je n'ai jamais espéré tant ! Il ne me reste
Qu'à mourir maintenant ! C'est à cause des mots
Que je dis qu'elle tremble entre les bleus rameaux !
Car vous tremblez, comme une feuille entre les feuilles !
Car tu trembles ! car j'ai senti, que tu le veuilles
Ou non, le tremblement adoré de ta main
Descendre tout le long des branches du jasmin !

Il baise éperdument l'extrémité d'une branche pendante.

ROXANE

Oui, je tremble, et je pleure, et je t'aime, et suis tienne !
Et tu m'as enivrée !

Edmond Rostand, *Cyrano de Bergerac* [1897],
Belin-Gallimard, « Classico », 2018.

Groupements de textes

Guy de Maupassant, *Bel-Ami*

Le héros de *Bel-Ami* n'est pas sans ressemblance avec l'auteur qui lui donne vie, Guy de Maupassant (1850-1893), qui publie ses nouvelles et romans dans différentes revues. En effet, Georges Duroy, surnommé Bel-Ami, est un ancien soldat devenu journaliste grâce à son ami Forestier qui l'a introduit dans ce milieu à son arrivée à Paris. Sa femme, Madeleine, l'aide à rédiger ses articles. Lorsque la maladie de Forestier s'aggrave brutalement, et force les Forestier à aller dans le sud, ils lui demandent de les rejoindre. Dans cet extrait, Forestier vient de mourir, Georges et Madeleine sont dans la chambre auprès du corps.

Il alla vers la fenêtre et l'ouvrit. Toute la fraîcheur parfumée de la nuit entra, troublant la flamme des deux bougies allumées auprès du lit. La lune répandait, comme l'autre soir, sa lumière abondante et calme sur les murs blancs des villas et sur la grande nappe luisante de la mer. Duroy, respirant à pleins poumons, se sentit brusquement assailli d'espérances, comme soulevé par l'approche frémissante du bonheur.

Il se retourna: «Venez donc prendre un peu de frais, dit-il, il fait un temps admirable.»

Elle s'en vint tranquillement et s'accouda près de lui.

Alors il murmura à voix basse: «Écoutez-moi et comprenez bien ce que je veux dire. Ne vous indignez pas, surtout, de ce que je vous parle d'une pareille chose en un semblable moment, mais je vous quitterai après-demain, et quand vous reviendrez à Paris il serait peut-être trop tard. Voilà... Je ne suis qu'un pauvre diable, sans fortune et dont la position est à faire, vous le savez. Mais j'ai de la volonté, quelque intelligence à ce que je crois, et je suis en route, en bonne route. Avec un homme arrivé on sait ce qu'on prend; avec un homme qui commence on ne sait pas où il ira. Tant pis, ou tant mieux. Enfin je vous ai dit un jour, chez vous, que mon rêve le plus cher aurait été d'épouser une femme comme vous. Je vous répète aujourd'hui ce désir. Ne me répondez pas. Laissez-moi continuer. Ce n'est point une demande que je vous adresse. Le lieu et l'instant la rendraient odieuse. Je tiens seulement à ne point vous laisser ignorer que vous pouvez me rendre heureux d'un mot, que vous pouvez faire de moi soit un ami fraternel, soit même un mari, à votre gré, que mon cœur et ma personne sont à vous. Je ne veux plus que nous parlions de cela, ici. Quand nous nous reverrons, à Paris, vous me ferez comprendre ce que vous aurez résolu. Jusque-là plus un mot, n'est-ce pas?»

Guy de Maupassant, *Bel-Ami* [1885], Belin-Gallimard, «Classico», 2019.

Albert Cohen, *Belle du Seigneur*

Albert Cohen (1895-1981) consacre trente années de sa vie à l'écriture de son roman, *Belle du Seigneur*, qui donne à voir la puissance et les limites de la passion amoureuse. Dans une soirée organisée par la Société des Nations, organisme dans lequel il est sous-secrétaire général, Solal tombe sous le charme d'Ariane, la femme d'un des employés. À la recherche de la «femme qui rachète toutes les femmes», un jour

qu'elle est seule, il se présente à elle déguisé en vieillard édenté et lui demande de l'aimer. Elle le repousse violemment. Il ôte alors son déguisement et lui annonce qu'il la séduira avec les moyens qu'il emploie avec toutes les autres. C'est ce qu'il fait dans cet extrait qui se situe à la fin d'un long discours, en lui exposant les moyens qui amènent une femme à céder à un séducteur comme lui.

Et maintenant elle est mûre pour le dernier manège, la déclaration. Tous les clichés que tu voudras, mais veille à ta voix et à sa chaleur. Un timbre grave est utile. Naturellement lui faire sentir qu'elle gâche sa vie avec son araignon[1] officiel, que cette existence est indigne d'elle, et tu la verras alors faire le soupir du genre martyre. C'est un soupir spécial, par les narines, et qui signifie ah si vous saviez tout ce que j'ai enduré avec cet homme, mais je n'en dis rien car je suis distinguée et d'infinie discrétion. Tu lui diras naturellement qu'elle est la seule et l'unique, elles y tiennent aussi, que ses yeux sont ouvertures sur le divin, elle n'y comprendra goutte mais trouvera si beau qu'elle fermera lesdites ouvertures et sentira qu'avec toi ce sera une vie constamment déconjugalisée[2]. Pour faire bon poids, dis-lui aussi qu'elle est odeur de lilas et douceur de la nuit et chant de la pluie dans le jardin. Du parfum fort et bon marché. Tu la verras plus émue que devant un vieux lui parlant avec sincérité. Toute la ferblanterie[3], elles avalent tout pourvu que voix violoncellante[4]. Vas-y avec violence afin qu'elle sente qu'avec toi ce sera un paradis de charnelleries[5] perpétuelles, ce qu'elles appellent vivre intensément. Et n'oublie pas de parler de départ ivre vers la mer, elles adorent ça. Départ ivre vers la mer, retiens bien ces cinq mots. Leur effet

---

1. **Araignon** : mot inventé par l'auteur, renvoyant au mâle de l'araignée ; qualifie ici le mari par opposition à l'amant.
2. **Vie [...] déconjugalisée** : expression inventée par l'auteur, indiquant l'idée d'une vie qui soit l'inverse d'une vie rangée de couple marié, monotone et frustrante.
3. **Ferblanterie** : mot qui évoque des objets sans valeur. Ici, il s'applique, de manière péjorative, aux discours de séduction faciles et stéréotypés qui, malgré tout, fonctionnent.
4. **Violoncellante** : adjectif créé par l'auteur à partir du mot « violoncelle », qui suggère une voix qui laisse transparaître de l'émotion. Ici, feinte.
5. **Charnelleries** : nom créé à partir de l'adjectif « charnel », qui désigne la chair, le corps. Ici, il caractérise l'acte amoureux.

est miraculeux. Tu verras alors frémir la pauvrette. Choisir pays chaud, luxuriances, soleil, bref association d'idées avec rapports physiques réussis et vie de luxe. Partir est le maître mot, partir est leur vice. Dès que tu lui parles de départ, elle ferme les yeux et elle ouvre la bouche. Elle est cuite et tu peux la manger à la sauce tristesse. C'est fini. Voici la nomination de votre mari. Aimez-le, donnez-lui de beaux enfants. Adieu, madame.

– Adieu, murmura-t-elle, et elle resta immobile.

Albert Cohen, *Belle du Seigneur* [1968], Gallimard, « Folio », 1998.

Groupement 2

La scène pour défendre ses convictions

La scène est un espace privilégié pour exposer ses idées, défendre ses convictions. Grâce à la double énonciation, les dramaturges peuvent mettre en avant leur point de vue, mais aussi s'effacer derrière leurs personnages. Molière, par exemple, dans *Le Misanthrope* (texte 1) dénonce les travers de la cour et d'une société superficielle et mensongère en mettant en scène Alceste qui se révèle cependant lui aussi excessif. Ainsi, le spectateur est appelé à trouver un équilibre, un juste milieu entre deux défauts : l'hypocrisie et la misanthropie. Alfred de Musset, dans *Lorenzaccio* (texte 2), donne à voir le déchirement de Lorenzo entre son besoin de pureté et une vie de débauche, ce qui trahit le combat intérieur du personnage. Ainsi, paradoxalement, il fait d'un meurtre un geste digne d'admiration, symbole d'un idéal perdu. Jean-Paul Sartre, dans *Les Mouches* (texte 3), et Jean Anouilh dans *Antigone* (texte 4) passent par la réécriture d'un mythe antique pour défendre leur vision, l'un de la liberté et l'autre de la nécessité de savoir refuser des compromissions, ce qui prend, en 1944, un sens particulier, et encourage à la résistance face au nazisme. Eugène Ionesco, dans *Rhinocéros* (texte 5), invite également à ne pas céder à une idéologie dominante, en imaginant la rhinocérite, maladie qui sert de métaphore au totalitarisme. Enfin, dans *Incendies* (texte 6), Wadji Mouawad, s'il s'inspire lui aussi d'un mythe, celui d'Œdipe, choisit de montrer que le seul moyen de s'opposer à la violence, à la cruauté et à la déshumanisation qu'elle entraîne, est de conserver son humanité en ne cédant pas, à son tour, à la monstruosité de l'ennemi.

Molière, *Le Misanthrope*

Le Misanthrope **compte parmi les comédies sérieuses de Molière (1622-1673). Elle met en scène Alceste, un misanthrope, qui refuse toute compromission, toute hypocrisie, mais aime Célimène, qui, elle, aime plaire et recevoir, et apprécie la vie des salons et de la cour. Cette scène se situe à la fin de la pièce : Alceste vient de demander sa main à Célimène et lui propose de se retirer d'une société où règnent faux-semblants et mensonges.**

CÉLIMÈNE

La solitude effraye une âme de vingt ans :
Je ne sens point la mienne assez grande, assez forte,
Pour me résoudre à prendre un dessein[1] de la sorte.
Si le don de ma main peut contenter vos vœux,
Je pourrai me résoudre à serrer de tels nœuds[2] ;
Et l'hymen[3]…

ALCESTE

Non : mon cœur à présent vous déteste.
Et ce refus lui seul fait plus que tout le reste.
Puisque vous n'êtes point, en des liens si doux,
Pour trouver tout en moi, comme moi tout en vous.
Allez, je vous refuse, et ce sensible outrage
De vos indignes fers[4] pour jamais me dégage.

Célimène se retire, et Alceste parle à Éliante.

---

1. **Un dessein** : une décision.
2. **À serrer de tels nœuds** : à prendre de tels engagements.
3. **L'hymen** : le mariage.
4. **De vos indignes fers** : de l'amour injustifié que je vous porte.

Madame, cent vertus ornent votre beauté,
Et je n'ai vu qu'en vous de la sincérité;
De vous, depuis longtemps, je fais un cas extrême;
Mais laissez-moi toujours vous estimer de même;
Et souffrez[1] que mon cœur, dans ses troubles divers,
Ne se présente point à l'honneur de vos fers[2]:
Je m'en sens trop indigne, et commence à connaître[3]
Que le Ciel pour ce nœud[4] ne m'avait point fait naître;
Que ce serait pour vous un hommage trop bas
Que le rebut[5] d'un cœur[6] qui ne vous valait pas;
Et qu'enfin…

ÉLIANTE

Vous pouvez suivre cette pensée:
Ma main de se donner n'est pas embarrassé;
Et voilà votre ami, sans trop m'inquiéter[7],
Qui, si je l'en priais, la pourrait accepter.

PHILINTE

Ah! cet honneur, Madame, est toute mon envie,
Et j'y sacrifierais et mon sang et ma vie.

ALCESTE

Puissiez-vous, pour goûter de vrais contentements,
L'un pour l'autre à jamais garder ces sentiments!
Trahi de toutes parts, accablé d'injustices,
Je vais sortir d'un gouffre où triomphent les vices,
Et chercher sur la terre un endroit écarté[8]
Où d'être homme d'honneur ont ait la liberté.

---

1. **Souffrez**: permettez.
2. **Ne se présente point à l'honneur de vos fers**: ne prétende pas à l'honneur de vous épouser.
3. **Connaître**: comprendre.
4. **Nœud**: engagement.
5. **Rebus**: ici, ce qui est bon à jeter.
6. **Par métonymie, le cœur renvoie à Célimène.**
7. **Sans trop m'inquiéter**: j'en suis certaine.
8. **Un endroit écarté**: un lieu où se retirer.

PHILINTE

Allons, Madame, allons employer toute chose,
Pour rompre le dessein que son cœur se propose[1].

Molière, *Le Misanthrope* [1666], acte V, scène 4,
Belin-Gallimard, « Classico », 2015.

Alfred de Musset, *Lorenzaccio*

Le déchirement entre la recherche de pureté et le goût du vice présent chez Lorenzo, et décrit par le dramaturge romantique dans sa pièce *Lorenzaccio*, n'est pas sans refléter un tiraillement éprouvé par Alfred de Musset (1810-1857) lui-même.

Au XVIe siècle, le duc Alexandre de Médicis, qui se distingue par la tyrannie qu'il exerce, règne sur la ville de Florence. Il est sans cesse accompagné par son cousin et compagnon de débauche, Lorenzo, appelé de manière péjorative par le peuple, Lorenzaccio. Après avoir été présenté comme un personnage odieux, à l'acte III, Lorenzo lève le voile sur sa véritable personnalité et révèle son projet de tuer son cousin. Accomplir cet acte est, pour lui, un moyen de libérer Florence du joug du duc, mais aussi de faire renaître en lui l'être pur qu'il était et qu'il a fait disparaître au profit du débauché qu'il feint d'être. Malheureusement son comportement a fini par déteindre sur lui…

LORENZO. – Tu me demandes pourquoi je tue Alexandre ? Veux-tu donc que je m'empoisonne, ou que je saute dans l'Arno[2] ? veux-tu donc que je sois un spectre, et qu'en frappant sur ce squelette,

Il frappe sa poitrine.

il n'en sorte aucun son ? Si je suis l'ombre de moi-même, veux-tu donc que je m'arrache le seul fil qui rattache aujourd'hui mon cœur à quelques fibres de mon cœur d'autrefois ? Songes-tu que ce meurtre, c'est tout ce qui me reste de ma vertu ? Songes-tu que je glisse depuis deux ans sur un mur taillé à pic, et que ce meurtre est le seul brin d'herbe où j'aie pu cramponner mes ongles ?

---

1. **Pour rompre le dessein que son cœur se propose** : pour le faire renoncer à son projet.
2. **L'Arno** : fleuve italien qui passe par Florence.

Crois-tu donc que je n'aie plus d'orgueil, parce que je n'ai plus de honte ? et veux-tu que je laisse mourir en silence l'énigme de ma vie ? Oui, cela est certain, si je pouvais revenir à la vertu, si mon apprentissage du vice pouvait s'évanouir, j'épargnerais peut-être ce conducteur de bœufs[1]. Mais j'aime le vin, le jeu et les filles ; comprends-tu cela ? Si tu honores en moi quelque chose, toi qui me parles, c'est mon meurtre que tu honores, peut-être justement parce que tu ne le ferais pas. Voilà assez longtemps, vois-tu, que les républicains me couvrent de boue et d'infamie ; voilà assez longtemps que les oreilles me tintent, et que l'exécration[2] des hommes empoisonne le pain que je mâche ; j'en ai assez de me voir conspué[3] par des lâches sans nom qui m'accablent d'injures pour se dispenser de m'assommer, comme ils le devraient. J'en ai assez d'entendre brailler en plein vent le bavardage humain ; il faut que le monde sache un peu qui je suis, et qui il est. Dieu merci, c'est peut-être demain que je tue Alexandre ; dans deux jours j'aurai fini. Ceux qui tournent autour de moi avec des yeux louches, comme autour d'une curiosité monstrueuse apportée d'Amérique, pourront satisfaire leur gosier et vider leur sac à paroles. Que les hommes me comprennent ou non, qu'ils agissent ou n'agissent pas, j'aurai dit aussi ce que j'ai à dire ; je leur ferai tailler leur plume[4], si je ne leur fais pas nettoyer leurs piques[5], et l'humanité gardera sur sa joue le soufflet [6]de mon épée marqué en traits de sang. Qu'ils m'appellent comme ils voudront, Brutus[7] ou Érostrate[8], il ne me plaît pas qu'ils m'oublient. Ma vie entière

---

1. Allusion au duc Alexandre de Médicis, qui insiste sur sa vulgarité, son manque de grandeur d'âme et de noblesse.

2. L'exécration : la haine.

3. Conspué : publiquement critiqué.

4. Je leur ferai tailler leurs plumes : je les ferai écrire.

5. Je ne leur fais pas nettoyer leurs piques : je leur évite de verser dans la violence.

6. Soufflet : gifle, ici trace de gifle.

7. Brutus : personnage de l'histoire romaine (85 av. J.-C. - 42 av. J.-C.) qui réussit à échapper à Tarquin le Superbe en simulant la folie avant de réussir à le chasser et à établir une république en 509 av. J.-C. Mais cette référence se confond intentionnellement avec la figure de Brutus, le fils adoptif de César, qui participa à l'assassinat de celui-ci pour défendre la république.

8. Érostrate : homme qui incendia, en 356 av. J.-C., une des sept merveilles du monde, le temple de Diane à Éphèse, pour faire parler de lui.

est au bout de ma dague, et que la Providence retourne ou non la tête en m'entendant frapper, je jette la nature humaine à pile ou face sur la tombe d'Alexandre ; dans deux jours les hommes comparaîtront devant le tribunal de ma volonté.

Alfred de Musset, *Lorenzaccio* [1834], acte III, scène 3, Belin-Gallimard, « Classico », 2014.

Jean-Paul Sartre, *Les Mouches*

Dans *Les Mouches*, l'écrivain et philosophe existentialiste Jean-Paul Sartre (1905-1980) renouvelle et réécrit le mythe d'Électre. Après quinze années d'exil, Oreste, le frère d'Électre, revient à Argos, la ville dirigée par son oncle et beau-père, Égisthe. Avec le soutien de sa sœur, il décide de venger leur père, Agamemnon, en tuant les deux coupables de sa mort : sa mère, Clytemnestre, et son beau-père, Égisthe. Dans cette dernière scène, Oreste, qui vient de venger son père et par là même exprimer par son acte sa liberté face aux dieux, affronte la foule.

CRIS DANS LA FOULE. – À mort ! À mort ! Lapidez-le ! Déchirez-le ! À mort !

ORESTE, *sans les entendre.* – Le soleil !

LA FOULE. – Sacrilège ! Assassin ! Boucher. On t'écartèlera. On versera du plomb fondu dans tes blessures.

UNE FEMME. – Je t'arracherai les yeux.

UN HOMME. – Je te mangerai le foie.

ORESTE, *s'est dressé.* – Vous voilà donc, mes sujets très fidèles ! Je suis Oreste, votre roi, le fils d'Agamemnon, et ce jour est le jour de mon couronnement.

(La foule gronde, décontenancée.)

Vous ne criez plus ? (*La foule se tait.*) Je sais : je vous fais peur. Il y a quinze ans, jour pour jour, un autre meurtrier s'est dressé devant vous, il avait des gants rouges jusqu'au coude, des gants de sang, et vous n'avez pas eu peur de lui car vous avez lu dans ses yeux qu'il était des vôtres et qu'il n'avait pas le courage de ses actes. Un crime que son auteur ne peut supporter, ce n'est plus le crime de personne, n'est-ce pas ? C'est presque un accident. Vous avez accueilli le criminel comme votre roi, et le vieux crime s'est mis à rôder entre les murs de la ville, en gémissant doucement, comme un chien qui a perdu son maître. Vous me regardez, gens d'Argos, vous avez compris que mon crime est bien à moi ; je le revendique à la face du soleil, il est ma raison de vivre et mon orgueil, vous ne pouvez ni me châtier ni me plaindre, et c'est pourquoi je vous fais peur. Et pourtant, ô mes hommes, je vous aime, et c'est pour vous que j'ai tué. Pour vous. J'étais venu réclamer mon royaume et vous m'avez repoussé parce que je n'étais pas des vôtres. À présent, je suis des vôtres, ô mes sujets, nous sommes liés par le sang, et je mérite d'être votre roi. Vos fautes et vos remords, vos angoisses nocturnes, le crime d'Égisthe, tout est à moi, je prends tout sur moi. Ne craignez plus vos morts, ce sont *mes* morts. Et voyez : vos mouches fidèles vous ont quittés pour moi. Mais n'ayez crainte, gens d'Argos : je ne m'assiérai pas, tout sanglant, sur le trône de ma victime : un Dieu me l'a offert et j'ai dit non. Je veux être un roi sans terre et sans sujets. Adieu, mes hommes, tentez de vivre : tout est neuf ici, tout est à commencer. Pour moi aussi la vie commence. Une étrange vie.

Jean-Paul Sartre, *Les Mouches* [1943], acte III, scène 6, Gallimard, « Folio », 1976.

Jean Anouilh, *Antigone*

➡Voir commentaire, p. 186-187

Le dramaturge Jean Anouilh (1910-1987) s'inspire d'un mythe antique et le réécrit pour créer sa pièce la plus célèbre : *Antigone*. Étéocle et Polynice, les deux fils d'Œdipe, se sont livré une guerre fratricide. Pour des raisons politiques, Créon, le roi et leur oncle, décide de rendre les honneurs à Étéocle et d'interdire les funérailles de Polynice, considéré comme un traître parce qu'il a voulu s'emparer du pouvoir par la force. Leur sœur, Antigone, s'oppose à Créon car, malgré son interdiction, elle a commencé à recouvrir le corps de son frère Polynice. Elle est alors arrêtée et amenée devant le roi, Créon.

Antigone. – Pauvre Créon ! Avec mes ongles cassés et pleins de terre et les bleus que tes gardes m'ont fait aux bras, avec ma peur qui me tord le ventre, moi je suis reine.

Créon. – Alors, aie pitié de moi, vis. Le cadavre de ton frère qui pourrit sous mes fenêtres, c'est assez payé pour que l'ordre règne dans Thèbes. Mon fils t'aime[1]. Ne m'oblige pas à payer avec toi encore. J'ai assez payé.

Antigone. – Non. Vous avez dit « oui ». Vous ne vous arrêterez jamais de payer maintenant !

Créon, *la secoue soudain, hors de lui.* – Mais, bon Dieu ! Essaie de comprendre une minute, toi aussi, petite idiote ! J'ai bien essayé de te comprendre, moi. Il faut pourtant qu'il y en ait qui disent oui. Il faut pourtant qu'il y en ait qui mènent la barque. Cela prend l'eau de toutes parts, c'est plein de crimes, de bêtise, de misère… Et le gouvernail est là qui ballotte. L'équipage ne veut plus rien faire, il ne pense qu'à piller la cale et les officiers sont déjà en train de se construire un petit radeau confortable, rien que pour eux, avec toute la provision d'eau douce pour tirer au moins leurs os de là. Et le mât craque, et le vent siffle, et les voiles vont se déchirer, et toutes ces brutes vont crever toutes ensemble, parce qu'elles ne pensent qu'à leur peau, à leur précieuse peau et à leurs petites affaires. Crois-tu, alors, qu'on a le temps de faire le raffiné, de savoir s'il faut dire « oui » ou « non », de se demander s'il ne faudra pas payer trop cher un jour, et si on pourra encore être un homme après ? On prend le bout de bois, on redresse devant la montagne d'eau, on gueule un ordre et on tire dans le tas, sur le premier qui s'avance. Dans le tas ! Cela n'a pas de nom. C'est comme la vague qui vient de s'abattre sur le pont devant vous ; le vent qui vous gifle, et la chose qui tombe devant le groupe n'a pas de nom. C'était peut-être celui qui t'avait donné du feu en souriant la veille. Il n'a plus de nom. Et toi non plus, tu n'as plus de nom, cramponné à la barre. Il n'y a plus que le bateau qui ait un nom et la tempête. Est-ce que tu le comprends, cela ?

---

1. Créon est l'oncle d'Antigone, mais il est aussi le père d'Hémon qu'Antigone doit épouser.

Antigone, *secoue la tête.* – Je ne veux pas comprendre. C'est bon pour vous. Moi je suis là pour autre chose que pour comprendre. Je suis là pour vous dire non et pour mourir.

Créon. – C'est facile de dire non !

Antigone. – Pas toujours.

Jean Anouilh, *Antigone*, 1944.

Eugène Ionesco, *Rhinocéros*

➡Voir explication linéaire, p. 178-180

Eugène Ionesco (1909-1994) est un dramaturge majeur du théâtre de l'absurde. S'il consacre plusieurs de ses pièces à critiquer les conventions sociales et leur bêtise, c'est au totalitarisme qu'il s'attaque avec *Rhinocéros*, en donnant à voir la transformation progressive des habitants d'une petite ville en animaux. Au fil du temps, chacun s'habitue à cette situation, ce qui amène tous les personnages, à l'exception de Bérenger, à devenir des rhinocéros. À travers cette métamorphose, Eugène Ionesco décrit, de manière symbolique, la montée d'une idéologie totalitaire, ses mécanismes et met en garde contre son caractère insidieux. Il expose aussi le rôle joué par la passivité des hommes qui se rendent complices d'une idéologie en ne s'y opposant pas. La scène est un monologue de Bérenger qui termine l'œuvre.

Béranger. – [...] Ce sont eux qui sont beaux. J'ai eu tort ! Oh ! comme je voudrais être comme eux. Je n'ai pas de corne, hélas ! Que c'est laid, un front plat. Il m'en faudrait une ou deux, pour rehausser mes traits tombants. Ça viendra peut-être, et je n'aurai plus honte, je pourrai aller tous les retrouver. Mais ça ne pousse pas ! (*Il regarde les paumes de ses mains.*) Mes mains sont moites. Deviendront-elles rugueuses ? (*Il enlève son veston, défait sa chemise, contemple sa poitrine dans la glace.*) J'ai la peau flasque. Ah, ce corps trop blanc, et poilu ! Comme je voudrais avoir une peau dure et cette magnifique couleur d'un vert sombre, une nudité décente, sans poils, comme la leur ! (*Il écoute les barrissements.*) Leurs chants ont du charme, un peu âpre, mais un charme certain ! Si je pouvais faire comme eux. (*Il essaye de les imiter.*) Ahh, ahh, brr ! Non, ça n'est pas ça ! Essayons encore, plus fort ! Ahh, ahh, brr ! non, non, ce n'est pas ça, que c'est faible, comme cela manque de vigueur ! Je n'arrive pas à barrir. Je hurle seulement. Ahh, ahh, brr ! Les hurlements ne sont pas des barrissements ! Comme j'ai mauvaise conscience, j'aurais dû les suivre à temps. Trop tard maintenant ! Hélas, je suis un monstre, je suis un monstre. Hélas, jamais je ne deviendrai rhinocéros, jamais, jamais ! Je ne peux plus changer. Je voudrais bien, je voudrais tellement, mais je ne peux pas. Je ne peux plus me voir. J'ai trop honte ! (*Il tourne le dos à la glace.*) Comme je suis laid ! Malheur à celui qui veut conserver son originalité ! (*Il a un brusque sursaut.*) Eh bien tant pis ! Je me défendrai contre tout le monde ! Ma carabine, ma carabine ! (*Il se retourne face au mur du fond où sont fixées les têtes des rhinocéros, tout en criant:*) Contre tout le monde, je me défendrai ! Je suis le dernier homme, je le resterai jusqu'au bout ! Je ne capitule pas !

RIDEAU

Eugène Ionesco, *Rhinocéros* [1959], acte III, scène finale, Gallimard, « Folioplus classiques », 2006.

Wadji Mouawad, *Incendies*

Incendies **fait partie du quatuor, *Le Sang des Promesses*, composé de *Littoral*, *Incendies*, *Forêts* et *Ciels*, écrit par le dramaturge, metteur en scène et comédien libano-québécois Wadji Mouawad (né en 1968). Cette pièce est centrée sur les personnages de Jeanne et Simon, des jumeaux, qui, à la mort de leur mère, découvrent l'existence d'un père et d'un frère dont ils ignorent tout. En effet, dans son testament, leur mère les charge de remettre une enveloppe à chacun des deux hommes. Les deux personnages vont alors se mettre en quête de leur passé et découvrir ce qu'a vécu leur mère. Pour permettre au spectateur de suivre le parcours de cette femme et de comprendre le silence dans lequel elle s'est murée cinq ans avant sa mort, le dramaturge choisit de donner à voir la mère, Nawal, à plusieurs moments de sa vie.**

Ici, elle a quarante ans et décide de combattre la violence des miliciens en s'attaquant à leur chef après avoir assisté à un déchaînement de violence.

NAWAL. – […] Ne pense pas que la douleur de cette femme [1]je ne la ressens pas. Elle est en moi comme un poison. Et je te jure, Sawda, que moi la première, je prendrai les grenades, je prendrai la dynamite, les bombes et tout ce qui peut faire le plus mal, je les enroulerais autour de moi, je les avalerais, et j'irais tout droit au milieu des hommes imbéciles et je me ferai exploser avec une joie que tu ne peux même pas soupçonner. Je le ferais, je te jure, parce que moi je n'ai plus rien à perdre, et ma haine est grande, très grande envers ces hommes ! Tous les jours je vis dans le visage même de ceux qui détruisent nos vies. Je vis dans chacune de leurs rides et je n'ai qu'à faire ça pour les décharner jusqu'à la moelle de leur âme, tu m'entends ? Mais j'ai fait une promesse, une promesse à une vieille femme d'apprendre à lire, à écrire et à parler, pour sortir de la misère, sortir de la haine. Et je vais m'y tenir, à cette promesse. Coûte que coûte. Ne haïr personne, jamais, la tête dans les étoiles, toujours. Promesse à une vieille femme pas belle, pas riche, pas rien de rien, mais qui m'a aidée, s'est occupée de moi et m'a sauvée.

SAWDA. – Alors qu'est-ce qu'on fait ?

NAWAL. – Je vais te dire ce que l'on fait. […] On va frapper. Mais on va frapper à un endroit. Un seul. Et on fera mal. On ne touchera aucun enfant, aucune femme, aucun homme, sauf un. Un seul. On le touchera. On le tuera ou on ne le tuera pas, cela n'a aucune importance, mais on le touchera.

SAWDA. – À quoi tu penses ?

NAWAL. – Je pense à Chad.

SAWDA. – C'est le chef de toutes les milices. On ne le trouvera pas.

Groupements de textes

1. **Sawda vient d'assister à un épisode d'une rare violence** : un milicien a obligé une mère à choisir parmi ses trois fils lequel elle voulait sauver. Devant la menace de les voir tous exécutés, la pauvre femme finit par donner un nom, le milicien abat alors froidement ses deux plus jeunes fils la laissant avec l'aînée et ses remords.

Nawal. – La fille qui enseigne à ses enfants a été mon élève. Elle va m'aider. Je vais la remplacer pour une semaine.

Sawda. – Pourquoi tu dis « je » ?

Nawal. – Parce que je vais y aller toute seule.

Sawda. – Et tu feras quoi ?

Nawal. – Les premières journées, rien. Je vais enseigner à ses filles.

Sawda. – Après ?

Nawal. – La dernière journée, avant de le quitter, je lui tirerai deux balles. Une pour toi, une pour moi. Une pour les réfugiés, l'autre pour les gens de mon pays. Une pour sa bêtise, une pour l'armée qui nous envahit. Deux balles jumelles. Pas une, pas trois. Deux.

Wadji Mouawad, *Incendies, Le Sang des promesses*, « Babel », 2010.

Questions sur les groupements de textes

Séduire par le discours

1. Lequel des personnages mis en scène vous semble être le plus habile orateur ? Développez votre réponse.

2. Quels personnages voient leurs discours sublimés par la situation dans laquelle ils se trouvent ?

3. Tous les séducteurs présents dans ce groupement de textes vous semblent-ils également condamnables ? Pourquoi ?

La scène pour défendre ses convictions

1. Qu'est-ce qui peut susciter l'admiration chez chacun de ces personnages ?

2. Quels dramaturges passent par la réécriture de mythes antique pour mettre en garde leurs contemporains ? Que permet ce détour ?

3. La scène vous semble-t-elle un lieu privilégié pour défendre ses idées ? Développez votre réponse en vous appuyant sur les extraits proposés dans le groupement.

Vers l'oral du Bac

Beaumarchais, *Le Mariage de Figaro*, p. 153-155

→ *En quoi cette scène dénonce-t-elle la conception de l'amour véhiculée par le Comte ?*

Conseils pour la lecture à voix haute

– Lisez les répliques du Comte sur un ton charmeur dans les deux premières parties du texte.
– Mettez en évidence les apartés de la Comtesse en baissant le volume de votre voix, vous pouvez même chuchoter par moments.
– Tenez compte des didascalies pour souligner l'opposition entre la légèreté du Comte et l'indignation de la Comtesse, dans la dernière partie de l'extrait, lorsqu'il expose sa conception caricaturale de l'amour.

Explication linéaire

Introduction

Dans cette scène du *Mariage de Figaro* de Beaumarchais, le Comte pense être arrivé à ses fins : obtenir un tête-à-tête avec Suzanne, la fiancée de son valet Figaro, juste avant qu'ils ne se marient. Or, Suzanne et sa maîtresse, la Comtesse, ont échangé leurs rôles afin de donner une leçon au Comte. Ainsi, il ne pourra plus nier son infidélité devant sa femme, et Suzanne ne sera pas dans l'obligation d'assouvir les désirs du séducteur pour pouvoir se marier avec l'homme qu'elle aime.
Le Comte fait donc la cour à sa femme en pensant en séduire une autre. La Comtesse profite de la situation pour l'amener à exposer son point de vue sur l'amour et le mariage. Le Comte prolonge ses explications en exposant sa vision stéréotypée et réductrice du sentiment amoureux et de son évolution une fois marié. C'est pourquoi nous nous demanderons en quoi cette scène dénonce la conception qu'a le Comte de l'amour.

Nous verrons, dans un premier temps, que le Comte se comporte en séducteur, avant de nous intéresser, dans un second temps, au fait qu'il donne sans le savoir une leçon à sa femme. Enfin, dans un dernier temps, nous mettrons en évidence le caractère stéréotypé de sa conception de l'amour.

■ *Explication guidée*

I. Lignes 1 à 14 : Le séducteur à l'œuvre

a. Quelles stratégies le Comte emploie-t-il pour séduire celle qu'il pense être Suzanne ?

b. Qu'est-ce qui met en évidence l'absence de sincérité du Comte ?

c. Comment la Comtesse réussit-elle à lui faire aborder le sujet qui l'intéresse ?

II. Lignes 15 à 23 : Une leçon pour la Comtesse ?

a. Comment la réplique du Comte met-elle en valeur ce qu'il recherche dans l'amour ?

b. Que critique paradoxalement le Comte ?

c. Qu'indique la réaction de la Comtesse ?

III. Lignes 24 à 33 : Une vision stéréotypée de l'amour

a. Quels reproches le Comte fait-il aux femmes une fois mariées ?

b. Qu'est-ce qui marque l'absence de remise en question de la part du Comte ?

c. De quelle manière le caractère réducteur de la vision du Comte est-il mis en évidence ?

■ *Conclusion*

Cette scène présente le Comte comme un séducteur usant de procédés sans originalité et trahissant des conceptions réductrices de l'amour et du mariage. Cependant, c'est à sa femme qu'il expose ses vues, ce qui permet à la Comtesse de mieux comprendre son attitude à son égard, non sans éprouver de l'indignation. Alors même qu'elle semble, dans cette scène, recevoir une leçon, elle est celle qui finalement l'emporte à la scène 19 lorsque le Comte découvre qu'elle jouait le rôle de

Suzanne et qu'il se voit pris au piège. Après avoir formulé des reproches à sa femme son manque de variété et d'imagination, il est contraint de lui demander pardon et de reconnaître son ingéniosité...

Question de grammaire

Relevez et étudiez les phrases interrogatives présentes dans la première partie du texte (l. 1 à 12).

Eugène Ionesco, *Rhinocéros*, p. 17-172

> → ***Comment le monologue traduit-il l'évolution du personnage ?***

Conseils pour la lecture à voix haute

– Proposez une lecture expressive. Le monologue est ponctué de phrases exclamatives et interrogatives avec des changements d'intonations, assurez-vous qu'ils soient perceptibles.

– Modulez le ton sur lequel vous lisez : dans la première partie, exprimez de la tristesse, puis du regret et enfin de la détermination.

– Ménagez des pauses au moment des didascalies quand leur contenu vous y invite.

– Enfin, lisez sur un rythme allant croissant, montrant que progressivement les doutes et les regrets du personnage s'estompent et laissent place à une attitude volontaire.

Explication linéaire

Introduction

Ce monologue clôt la pièce d'Eugène Ionesco, *Rhinocéros*, où les hommes, atteints de rhinocérite, se métamorphosent les uns après les autres, au point qu'à la fin de la pièce, seul Bérenger a encore forme humaine. Si les premiers à subir ce changement sont regardés comme des bêtes curieuses, la tendance s'inverse rapidement. Dans cette scène, Bérenger souhaite, lui aussi, devenir un rhinocéros pour être comme tout le monde. Son monologue final permet alors au spectateur de suivre la progression de ses émotions et d'assister à la prise de conscience qui l'amène à revendiquer son originalité avant que le rideau ne tombe. C'est pourquoi nous nous demanderons comment le monologue traduit l'évolution du personnage. Nous verrons que si Bérenger aspire, tout d'abord, à devenir comme les autres, puis exprime ses regrets de ne s'être pas métamorphosé, sa vraie nature reprend le dessus, il se montre alors prêt à défendre son humanité.

Explication guidée

I. Lignes 1 à 18 : Le rêve d'uniformité

a. De quelle manière le personnage met-il en évidence sa différence ?

b. Comment exprime-t-il sa souffrance de n'être pas comme les autres ?

c. Quel comportement adopte-t-il pour ressembler aux autres hommes ?

II. Lignes 18 à 24 : Le regret de n'avoir pas cédé à la facilité

a. Quelle tonalité domine le passage ? Quel sentiment révèle-t-elle ?

b. Quelle image le personnage a-t-il de lui-même ?

c. Comment sa frustration se manifeste-t-elle ?

III. Lignes 24 à 29 : L'ultime sursaut d'humanité

a. Comment le changement, qui s'opère chez le personnage, est-il mis en évidence ?

b. Qu'est-ce qui reflète la détermination de Bérenger ?

c. Que symbolise son choix final ?

Conclusion

Le monologue du personnage permet de suivre le cheminement de sa pensée et la progression de ses émotions. S'il exprime en premier lieu son désir de ressembler aux autres, et les souffrances qu'occasionne sa différence, il finit par choisir d'assumer son originalité et décide de se battre jusqu'au bout. Ce revirement final est essentiel puisqu'il conditionne le sens de toute la pièce et défend l'idée que, face à la montée du totalitarisme symbolisée par la rhinocérite, il ne faut pas capituler, quoi qu'il en coûte, et cela même si tous les autres ont failli.

Question de grammaire

Analysez la phrase complexe suivante : « Ça viendra peut-être, et je n'aurai plus honte, je pourrai aller tous les retrouver » (l. 4-5). Transformez ensuite la deuxième proposition en proposition subordonnée circonstancielle de temps, puis en proposition subordonnée circonstancielle de cause.

Vers le Bac

Vers l'oral du Bac

Explications linéaires proposées dans l'ouvrage

Vers l'exposé et l'entretien avec l'examinateur

Lors de la seconde partie de l'épreuve orale, vous devrez présenter **une œuvre au choix, parmi celles étudiées en classe ou proposées en lecture cursive**. Cet exposé sera suivi d'un **entretien avec l'examinateur.**

L'examinateur évaluera vos capacités à **rendre compte de votre connaissance de l'œuvre**, à **partager vos impressions de lecture**, mais aussi à **défendre votre point de vue** en argumentant et en dialoguant et à **témoigner de votre implication personnelle.**

■ *Préparer votre présentation*

Choisissez l'œuvre que vous allez présenter en fonction de **vos goûts personnels** : n'oubliez pas que vous devrez **justifier votre choix**, **montrer votre enthousiasme** et partager vos réflexions sur votre expérience de lecture.

Préparez une présentation synthétique en constituant des **fiches de révision** ou un **dossier**. Notez **vos impressions de lecture**, mais aussi vos **analyses et interprétations** de l'œuvre (structure, thèmes, personnages...). Vous pouvez vous appuyer sur vos **activités d'appropriation**.

✔ *Aide*

Si vous avez choisi de présenter *Dom Juan*, vous pouvez préparer votre présentation en vous aidant des rubriques suivantes :

➡ Fiches (p. 130-151)

➡ Carnet de lecture (p. 127)

➡ Activités d'appropriation (p. 121-122)

➡ Prolongements artistiques et culturels (p. 123-124)

Élargissez vos connaissances de l'œuvre en faisant quelques **recherches sur l'auteur**, le **contexte historique** et le **mouvement artistique et culturel**.

Témoignez également de **votre culture personnelle** en établissant des **liens avec d'autres œuvres, artistiques, cinématographiques ou littéraires**, pour les comparer au texte que vous aurez choisi.

■ *Préparer l'entretien avec l'examinateur*

Si vous avez choisi de présenter *Dom Juan*, vous pouvez également vous interroger sur les points suivants :

– Qu'est-ce qui apparente *Dom Juan* à une comédie classique ? à une pièce baroque ?

– Comprenez-vous que cette pièce ait été jugée comme scandaleuse au XVIIe siècle ?

– Trouvez-vous que Dom Juan soit un personnage séduisant ?

– De quel(s) défaut(s) Dom Juan fait-il preuve ?

– Sganarelle vous paraît-il admirer son maître ?

– Si vous étiez un metteur en scène, à quoi ressemblerait « votre » personnage de Dom Juan ?

– Dans quelle(s) scène(s) la tonalité comique domine-t-elle ?

– Quel acte donne à voir des personnages de tragédie ? Pourquoi ?

– Quelles valeurs Dom Luis représente-t-il ?

– Quelle image des femmes la pièce donne-t-elle ?

– La pièce vous paraît-elle condamner ou défendre le libertinage ?

– D'après vous, que signifie le dénouement de *Dom Juan* ?

– Est-ce la fin que vous auriez choisie ? Pour quelles raisons ?

– Les questions soulevées par Dom Juan sont-elles toujours d'actualité ?

Vers l'écrit du Bac

Commentaire VOIE GÉNÉRALE

■ *Sujet*

Vous commenterez l'extrait de *Cyrano de Bergerac* d'Edmond Rostand, proposé dans le groupement de texte « Paroles de séducteur », p. 158-160.

Problématique

En quoi cette scène crée-t-elle l'illusion d'un amour partagé ?

Introduction rédigée

Cyrano de Bergerac voue un amour inconditionnel à sa cousine, Roxane, mais ne peut lui déclarer ses sentiments, du fait de sa laideur. Parce qu'il souhaite, par-dessus tout, le bonheur de la jeune femme, Cyrano décide d'aider son rival, Christian, à conquérir son cœur. Dans cette scène, il vient en aide à Christian qui a été éconduit, car il ne sait pas trouver et manier les mots pour séduire Roxane. Après lui avoir soufflé les premières phrases, Cyrano prend la place de Christian sous le balcon de la jeune fille qui ne peut le voir. Si l'échange entre Roxane et Cyrano semble mettre en évidence des sentiments partagés, la situation rend toute réciprocité impossible. C'est pourquoi nous nous demanderons en quoi cette scène crée l'illusion d'un amour partagé. Tout d'abord, nous mettrons en évidence la force de la passion exprimée par Cyrano, avant d'évoquer le fait que son amour est sacrificiel. Enfin, nous ferons apparaître le caractère illusoire de l'harmonie des cœurs des deux personnages.

Plan détaillé

I. La puissance de la passion

a. L'intensité des sentiments éprouvés par Cyrano est placée sous le signe de l'excès. Mettez en évidence son caractère démesuré.

b. La passion, par sa force, devient obsessionnelle. Montrez comment Cyrano traduit le fait que ses pensées sont hantées par Roxane.

c. L'amour qu'il porte à Roxane la sublime, mais embellit également le monde. Faites apparaître de quelle manière cet effet est matérialisé par Cyrano.

II. Cyrano, un héros tragique ?

a. Cyrano voit son âme s'élever et ses qualités morales se développer sous l'effet de ses sentiments. Mettez en évidence l'altruisme et la générosité dont il fait preuve.

b. Le bonheur de Roxane devient plus important que le sien propre. Montrez que, non seulement Cyrano est prêt à se sacrifier pour la rendre heureuse, mais également qu'il accepte de ne pas lui faire savoir.

c. Pour Cyrano, son amour pour Roxane est plus important que sa vie même. Dites de quelle manière cette dimension tragique transparaît dans la scène.

III. La naissance d'une intimité fictive

a. Par son discours, Cyrano créé l'existence d'une relation entre Roxane et lui. Étudiez comment, notamment à l'aide d'un souvenir, il élabore une forme d'intimité entre eux.

b. Le discours de Cyrano atteint son but. Prouvez que l'amour qu'il porte à Roxane semble réciproque.

c. La relation amoureuse entre les deux personnages ne peut réellement exister puisqu'elle repose sur un mensonge. Montrez que cette impossibilité transparaît dans les répliques de Cyrano.

Conclusion rédigée

Cette scène semble donner à voir deux cœurs à l'unisson, partageant le même sentiment. Cependant, la situation rend impossible toute harmonie puisque si Cyrano est sincère, il ne parle pas en son nom. Roxane avoue donc à celui qui l'aime par-dessus tout ses sentiments pour son rival. Si l'illusion est complète, l'amour n'a pas de réalité car il repose sur un mensonge. Ainsi, l'inversion des rôles, fréquente au théâtre, est à l'origine d'une ironie tragique.

Commentaire (VOIE TECHNOLOGIQUE)

■ ***Sujet***

Vous commenterez l'extrait d'*Antigone* de Jean Anouilh proposé dans le groupement de texte « La scène pour défendre ses convictions », p. 169-171.

Vous pourrez vous appuyer sur le parcours de lecture suivant :

– vous ferez apparaître en quoi cette scène est une confrontation ;

– puis, vous analyserez la manière dont Créon défend ses convictions ;

– enfin, vous mettrez en évidence la supériorité d'Antigone sur Créon.

Problématique

En quoi cette scène donne-t-elle à voir une inversion du rapport de force ?

Introduction rédigée

Antigone est la fille d'Œdipe. Ses deux frères, Étéocle et Polynice, se sont entretués pour obtenir le pouvoir qui est entre les mains de leur oncle Créon. À l'issue de leur combat fratricide, Créon décide d'enterrer Étéocle comme il se doit et de priver de sépulture Polynice, accusé d'avoir voulu s'emparer du pouvoir par la force. Ce geste est politique : il s'agit pour Créon de donner du sens aux événements afin de conserver son autorité. Antigone refuse d'abandonner le corps de son frère et veut l'enterrer malgré l'interdiction qui a été proférée par le roi. La nuit précédente, elle a commencé à recouvrir le corps jusqu'à ce qu'elle soit arrêtée par les gardes et conduite auprès du roi. Créon tente de la raisonner et de lui faire abandonner son projet. Antigone refuse. Dans cette scène, les deux personnages s'opposent et, alors qu'Antigone est en position de faiblesse et risque la peine de mort, elle tient tête à son oncle. C'est pourquoi nous nous demanderons en quoi cette scène donne à voir une inversion du rapport de force. Ainsi, nous ferons apparaître le fait que nous assistons à une scène de confrontation dans laquelle Créon défend ses convictions face à Antigone qui, en ne capitulant pas, impose sa supériorité.

Plan détaillé

I. Une scène de confrontation

a. Antigone s'oppose à Créon. Montrez de quelle manière elle lui tient tête.

b. Créon s'emporte face à Antigone. Étudiez les marques de sa colère.

c. Antigone refuse toute compromission. Analysez la manière dont cela apparaît dans ses répliques.

II. Un roi qui défend ses convictions

a. Créon martèle l'idée qu'il doit agir tel qu'il le fait. Montrez comment son discours cherche à imposer cette idée à Antigone.

b. Créon matérialise ses idées afin de les rendre plus explicites. Analysez comment il justifie son raisonnement.

c. Sa position nécessite de faire des sacrifices. Soulignez comment les choix défendus par Créon sont présentés comme des obligations.

III. La supériorité d'Antigone

a. Antigone refuse de se soumettre. Dites comment cela marque sa grandeur.

b. En même temps qu'elle défend sa position, Antigone met en cause la faiblesse de Créon. Analysez la manière dont elle exprime une forme de mépris à son égard.

c. Le choix que fait Antigone suppose de grands sacrifices. Mettez en évidence le fait qu'elle accepte de mourir pour ses idées.

Conclusion rédigée

Cette scène donne à voir une inversion du rapport de force car, même si Antigone est en position de faiblesse, elle refuse cependant d'obéir à son oncle. En effet, la jeune fille préfère la mort aux compromissions, elle accepte de perdre la vie pour ses idées, pour ses valeurs. Son assurance et ses certitudes lui permettent de sortir grandie et triomphale de son échange avec son oncle qui agit par nécessité, contre son gré. La droiture et la fermeté d'Antigone font de ce personnage un symbole de l'engagement.

Méthode BAC

Le commentaire

Exemple : Jean Anouilh, *Antigone*

Étape 1 Comprendre le texte

• Lisez le texte plusieurs fois et assurez-vous que vous l'avez bien compris. Intéressez-vous aux indications fournies par le paratexte pour identifier le genre auquel il appartient.

→ Ce texte est extrait d'une pièce de théâtre du XXe siècle qui s'inspire d'un mythe antique, celui d'Antigone, pour le réécrire et le faire entrer en résonance avec l'époque à laquelle il est écrit, en 1946.

• Assurez-vous que vous comprenez les grands enjeux de la scène et que vous identifiez les personnages sur scène.

→ Ici, Antigone, la fille d'Œdipe, s'oppose à Créon, le roi de Thèbes, car elle veut enterrer le corps de son frère Polynice considéré comme un traître alors qu'Étéocle, tout aussi coupable, a été enterré dignement. Elle met en péril sa vie pour défendre ses idées et faire ce qu'elle juge qui doit être fait. Face à elle, son oncle agit par nécessité, il veut préserver la paix dans la cité et conserver son pouvoir. Il doit donc appliquer les lois qu'il a dictées même s'il doit les exercer contre son gré et que cela l'amène à condamner à mort sa nièce et la fiancée de son fils.

Étape 2 Analyser le texte

Si vous devez trouver les axes pour structurer votre commentaire (ils vous seront donnés en voie technologique), repérez les idées essentielles.

→ Au fur et à mesure de l'étude, on comprend que cette scène est une confrontation, dans laquelle Créon défend ses convictions. Antigone affirme sa supériorité sur Créon alors qu'elle lui est inférieure et qu'elle est en position de faiblesse.

Étape 3 **Construire le plan de votre commentaire**

• Associez vos analyses à un des axes.

→ **Pour le premier axe, démontrez qu'il s'agit d'une confrontation**: appuyez-vous sur l'apostrophe ironique d'Antigone au début de sa première réplique, les exclamations et les phrases exclamatives, pour justifier qu'elle tient tête à son oncle. Créon se met en colère comme l'indiquent les phrases exclamatives, l'apostrophe péjorative, l'emploi de l'impératif.

→ **Pour le deuxième axe, étudiez comment Créon défend ses convictions**: le discours cherche à être persuasif, c'est pourquoi il a d'abord recours à l'impératif pour exprimer une défense puis des ordres, aux répétitions et notamment à l'emploi d'une anaphore et à une question de rhétorique. Il rend son raisonnement plus accessible en employant une métaphore filée de la barque.

→ **Pour le troisième axe, analysez la manière dont Antigone impose sa supériorité**: la noblesse d'âme d'Antigone se traduit par le titre honorifique qu'elle oppose à son état, par le biais d'une antithèse, dans sa première réplique. Antigone ne se contente pas de tenir tête à Créon, elle le met en cause, le critique avec insistance.

Étape 4 **Rédiger votre commentaire**

Rédigez votre introduction, puis rédigez votre commentaire en veillant à annoncer vos sous-parties en début de partie et à faire un rapide bilan à leur fin.

Terminez par votre conclusion qui reprendra le cheminement de votre raisonnement et répondra à la problématique.

Dissertation VOIE GÉNÉRALE

Sujet

Peut-on considérer que *Dom Juan* de Molière est une comédie ?

Problématique

Le *Dom Juan* de Molière n'est-il qu'une comédie ?

Introduction rédigée

Au XXIe siècle, la comédie classique se résume pour beaucoup aux pièces de Molière. Si le comique farcesque qu'il emploie parfois fait toujours rire les spectateurs, ce sont ses comédies sérieuses, *Le Misanthrope, Le Tartuffe, Le Malade imaginaire*, auxquelles nous pouvons associer *Dom Juan*, qui sont considérées comme ses pièces majeures. L'antithèse que constitue « comédie sérieuse » met en lumière le fait qu'il est difficile d'enfermer *Dom Juan* dans le genre comique, c'est pourquoi nous nous demanderons si *Dom Juan* n'est qu'une comédie. Nous noterons, dans un premier temps, l'inscription de la pièce dans ce genre à plusieurs titres, puis nous examinerons ce qui éloigne *Dom Juan* de ce genre. Enfin, nous montrerons le fait que cette pièce inclassable rend possible la coexistence de plusieurs interprétations.

Plan détaillé

I. Une pièce annoncée comme une comédie

a. La plupart des personnages mis en scène appartiennent au genre comique. Précisez quels sont les personnages de comédie dans *Dom Juan* et dites en quoi ils sont susceptibles de faire rire.

b. L'acte II est particulièrement comique. Repérez la présence de chacun des types de comique et illustrez-les par une scène précise.

c. *Dom Juan* est une pièce satirique. Identifiez les différentes cibles qui sont raillées dans cette pièce et choisissez-en une qui est régulièrement attaquée chez Molière.

II. Une comédie traversée par d'autres genres

a. *Dom Juan* ne se laisse pas enfermer dans le genre de la comédie, car la pièce présente des caractéristiques appartenant à la tragédie. Elle met notamment en scène des personnages tragiques. Identifiez-les et explicitez en quoi ils s'apparentent au genre tragique.

b. Le mélange des genres, s'il est condamné par les classiques, existe cependant au siècle de Molière. Faites apparaître ce qui rattache *Dom Juan* à la tragi-comédie.

c. La présence du surnaturel et le recours au spectaculaire associent *Dom Juan* à une pièce à machines. Repérez les scènes qui peuvent s'inscrire dans ce genre.

III. Une pièce inclassable

a. D'autres genres enrichissent la pièce : c'est le cas des scènes qui peuvent être considérées comme une parodie de pastorale. Citez ces scènes et mettez en relief la volonté d'imiter ce genre très en vogue au XVIIe siècle tout en s'en moquant.

b. Par la variété des genres convoqués, *Dom Juan* propose une conception plus ouverte de la comédie. Montrez comment la coexistence de scènes comiques avec d'autres plus graves favorise une réflexion philosophique libertine.

c. Cette multiplicité de genres permet aussi de proposer une double lecture de certaines scènes de la pièce. Montrez ainsi comment le dénouement se prête à plusieurs interprétations.

Conclusion rédigée

Si Molière présente sa pièce comme une comédie, comme en attestent certains personnages ou la présence des différents types de comique, il ne s'interdit pas pour autant d'inclure des personnages, des scènes s'apparentant à d'autres genres. Par cette variété de tonalités, le dramaturge indique qu'il refuse d'enfermer sa pièce dans un genre et dans une interprétation uniques. Il choisit, au contraire, de conserver une forme d'ouverture qui prolonge la liberté affichée par le personnage et entraîne celle du spectateur. La force de ce souffle libertaire qui traverse la pièce se retrouve deux siècles plus tard dans les drames, les romantiques ayant pris conscience que le comique met en valeur, intensifie le tragique.

La dissertation

Méthode BAC

Étape 1 Analyser le sujet

• Analysez les termes du sujet et définissez-les.

→ Le terme clé qu'il convient de définir est « comédie ».

• Élaborez une problématique à partir du sujet qui mette en évidence ses présupposés.

→ Il s'agit ici de suggérer le fait que la pièce *Dom Juan* ne se laisse pas enfermer dans un genre et présente un mélange des genres.

Étape 2 Choisir un type de plan

• Déterminez si vous devez proposer un plan dialectique ou un plan thématique qui explore plusieurs aspects de la question.

→ La formule initiale invite à adopter un plan dialectique car elle interroge cette appartenance, mais suggère aussi la nécessité d'identifier au sein de la pièce la présence d'autres genres.

Étape 3 Convoquer ses connaissances

• Listez vos arguments et essayez d'y associer systématiquement un exemple issu de l'œuvre au programme et des textes du parcours associé.

Étape 4 Organiser ses idées

• Définissez les idées qui structureront vos parties et l'ordre dans lequel vous les agencerez, puis associez vos arguments à la partie que chacun défend.

→ Compte tenu de la formulation du sujet, et du fait que Molière inscrit sa pièce dans le genre de la comédie, il paraît logique de débuter par une thèse allant dans ce sens.

→ Mais ce genre ne permet pas de faire apparaître tous les aspects de la pièce, c'est ce qu'il faudra mettre en avant dans un second temps, en mettant en évidence, par exemple, de personnages s'apparentant à la tragédie.

→ Enfin, il est intéressant de terminer la réflexion en abordant le caractère inclassable de la pièce et la liberté d'interprétation que cela génère.

• Organisez vos arguments dans chacune des parties en allant des idées les plus évidentes aux plus complexes, des plus communes aux plus personnelles.

Étape 5 Rédiger l'introduction

• Recopiez votre introduction et rédigez ensuite votre dissertation en veillant à annoncer vos sous-parties en début de partie et à faire un rapide bilan à leur fin.

Étape 6 Rédiger la conclusion

• Terminez par une conclusion qui reprendra le cheminement de votre raisonnement et répondra à la problématique. Vous pouvez proposer une réouverture qui oriente la réflexion dans une nouvelle direction suscitée par la réalisation de la dissertation.

Fenêtres sur...

Des ouvrages à lire

D'autres pièces de Molière

- Molière, *Le Tartuffe* [1664], Belin-Gallimard, « Classico », 2016.
- Molière, *Psyché* [1671], dans Molière, *Œuvres complètes*, Gallimard, « Bibliothèque de la Pléiade », 2010.

Une biographie romancée de Molière

- Mikhail Boulgakov, *Le Roman de Monsieur de Molière*, Gallimard, « Folio », 1972.

Un ouvrage sur le théâtre

- André Degaine, *Histoire du théâtre dessinée*, Nizet, 1992.

Différentes versions et réécritures de la pièce

- Tirso de Molina, *L'Abuseur de Séville* [1630], Aubier, « Domaine hispanique », 1991.
- Thomas Corneille, *Le Festin de Pierre* [1683], dans Molière, *Œuvres complètes*, Gallimard, « Bibliothèque de la Pléiade », 2010.

- Alexandre Pouchkine, *Le Convive de Pierre et autres scènes dramatiques* [1830], Actes Sud, « Babel », 2006.
- Prosper Mérimée, *Les Âmes du purgatoire* [1834], LGF, « Le Livre de poche », 1998.
- Henry de Montherlant, *La Mort qui fait le trottoir (Don Juan)* [1956], Gallimard, « Folio », 1972.
- Éric-Emmanuel Schmitt, *La Nuit de Valognes* [1991], Magnard, « Classiques & contemporains », 2004.

Un roman d'un libertin

- Cyrano de Bergerac, *Les États et Empires de la Lune* [1657, posth.], Gallimard, « Folio classique », 2004.

Des mises en scène et des films à voir

(Les œuvres citées ci-dessous sont disponibles en DVD.)

Des mises en scène de la pièce

- *Dom Juan*, mise en scène de Jacques Lassalle à la Comédie-Française, 2002.
- *Dom Juan*, mise en scène de Daniel Mesguich au théâtre du Gymnase, 2003.

Des adaptations pour le petit et le grand écran

- Marcel Bluwal, *Dom Juan*, adaptation de la pièce de Molière [1665], avec Michel Piccoli et Claude Brasseur, 1965.
- Joseph Losey, *Don Giovanni*, adaptation de l'opéra de Mozart [1781], 2008.

Des films sur Molière et son époque

- Ariane Mnouchkine, *Molière*, avec Philippe Caubère, 1978.
- Gérard Corbiau, *Le roi danse*, avec Benoît Magimel et Tchéky Karyo, 2000.
- Laurent Tirard, *Molière*, avec Romain Duris et Fabrice Luchini, 2000.

Des œuvres d'art à découvrir

(Toutes les œuvres ci-dessous peuvent être vues sur Internet.)

Le mythe de Don Juan en peinture

- Alexandre-Évariste Fragonard, *Don Juan et la Statue du Commandeur* [vers 1830], huile sur toile, Strasbourg, musée des Beaux-Arts.
- Eugène Delacroix, *Le Naufrage de Don Juan* [1841], huile sur toile, Paris, musée du Louvre.

Un tableau baroque qui fait écho au dénouement de *Dom Juan*

- Pedro de Camprobín, *Le Galant et la Mort*, huile sur toile, Séville, Hôpital de la Charité.

@ Des sites Internet à consulter

Sur Molière

- www.comedie-francaise.fr/histoire-et-patrimoine.php?id=511
- www.toutmoliere.net/
- www.site-moliere.com/

Autour de *Dom Juan* : versions du texte, bibliographie et contexte historique

- www.don-juan.net/

Une exposition virtuelle sur un autre séducteur célèbre, Casanova

- http://expositions.bnf.fr/casanova/

Un article sur le baroque et le classicisme en peinture

- http://www.grandpalais.fr/fr/article/le-xviie-siecle

Glossaire

Aparté : réplique prononcée par un personnage sans que les autres personnages présents sur scène ne l'entendent.

Baroque : mouvement littéraire et artistique européen de la fin du XVIe siècle et du début du XVIIe siècle. Il se caractérise par une grande liberté d'écriture et un foisonnement d'images. Les thèmes privilégiés sont l'inconstance du monde et des hommes, l'illusion, le rêve.

Burlesque : registre comique qui repose sur l'utilisation d'un style familier ou trivial pour évoquer un sujet grave ou noble.

Classicisme : mouvement littéraire et artistique européen de la deuxième moitié du XVIIe siècle. Il se caractérise par une recherche de la perfection et de l'équilibre dans le respect de règles et de conventions, et par l'importance accordée à la raison.

Comédie : genre théâtral destiné à faire rire le spectateur. L'intrigue met en scène le plus souvent des bourgeois et/ou des valets. Le dénouement est heureux.

Commedia dell'arte : type de théâtre populaire italien, apparu au XVIe siècle, qui repose sur l'improvisation des comédiens, costumés et masqués, à partir d'un scénario (appelé aussi canevas) et de personnages types.

Coup de théâtre : brusque retournement de situation.

Dénouement : résolution, heureuse ou malheureuse, de l'intrigue à la fin d'une pièce.

Deus ex machina : expression latine, signifiant « dieu issu d'une machine », qui désigne l'intervention impromptue d'un dieu pour résoudre l'intrigue.

Didascalie : indication donnée par l'auteur pour jouer la pièce (décor, gestes, ton...).

Double énonciation : situation d'énonciation propre au théâtre. Les paroles des personnages ont deux destinataires, les autres personnages sur scène et le public dans la salle.

Éloge paradoxal : discours prononcé ou écrit qui vante les mérites d'une chose (objet trivial, défaut physique ou moral, personne ou comportement) généralement blâmée par la société.

Épidictique : qui célèbre ou qui blâme.

Exposition : première(s) scène(s) d'une pièce de théâtre, dont les fonctions sont de donner aux spectateurs les informations nécessaires à la compréhension de l'intrigue et de susciter leur intérêt.

Farce : courte pièce d'origine médiévale, dont le comique repose sur des personnages bouffons et un comique grossier.

Nœud : moment de l'intrigue où un obstacle vient contrarier l'action en cours.

Parodie : réécriture comique d'un texte.

Pastorale : pièce qui met en scène les amours de bergers et de bergères vivant en harmonie avec la nature et s'exprimant dans un langage raffiné.

Pathétique : registre qui suscite la pitié des spectateurs pour une victime innocente qui souffre.

Péripétie : événement inattendu qui modifie le cours de l'action.

Pièce à machines : pièce dont la représentation nécessite des moyens mécaniques (fils, poulies, rails, contrepoids) pour les changements de décors et les effets spéciaux.

Règle des trois unités : règle du théâtre classique selon laquelle l'histoire doit se dérouler en un seul lieu (unité de lieu) et une seule journée (unité de temps), et ne comporter qu'une seule intrigue (unité d'action).

Tirade : longue réplique prononcée sans interruption par un autre personnage. Ne pas confondre avec le monologue, qui est dit par un personnage seul en scène.

Tragédie : genre théâtral qui met en scène des personnages, supérieurs en raison de leur noblesse ou de la force de leurs passions, qui sont attirés malgré eux vers le malheur par une force transcendante (fatalité, destin) et dont le sort suscite la pitié et la crainte du spectateur.

Tragi-comédie : genre théâtral, en vogue à l'époque baroque, qui met en scène des personnages nobles confrontés à des difficultés tragiques, mais dont le dénouement est heureux. L'intrigue repose sur de nombreux rebondissements, sans réel souci de vraisemblance.

Notes

Notes

Notes

Notes

Notes

Notes

Notes

Notes

Notes

Notes

Dans la même collection

CLASSICOCOLLÈGE

14-18 Lettres d'écrivains (anthologie) (1)
Contes (Andersen, Aulnoy, Grimm, Perrault) (93)
Douze nouvelles contemporaines (anthologie) (119)
Fabliaux (94)
La Farce de maître Pathelin (75)
Gilgamesh (17)
Histoires de vampires (33)
Les Mille et Une Nuits : Aladin, Ali Baba, Sindbâd (156)
La Poésie engagée (anthologie) (31)
La Poésie lyrique (anthologie) (49)
Le Roman de Renart (50)
Les textes fondateurs (anthologie) (123)
Neuf nouvelles réalistes (anthologie) (125)
Jean Anouilh – *Le Bal des voleurs* (78)
Guillaume Apollinaire – *Calligrammes* (2)
Louis Aragon – *Le Collaborateur et autres nouvelles sur la guerre* (142)
Honoré de Balzac – *Le Colonel Chabert* (57)
René Barjavel – *Le Voyageur imprudent* (141)
James Matthew Barrie – *Peter Pan* (165)
Béroul – *Tristan et Iseut* (61)
Ray Bradbury – *Fahrenheit 451* (152)
Évelyne Brisou-Pellen – *Thésée, Ariane et le Minotaure* (158)
Albert Camus – *Le Malentendu* (114)
Lewis Carroll – *Alice au pays des merveilles* (53)
Driss Chraïbi – *La Civilisation, ma Mère !...* (79)
Arthur Conan Doyle – *Sherlock Holmes, Le Chien des Baskerville* (173)
Chrétien de Troyes – *Érec et Énide* (144)
Chrétien de Troyes – *Lancelot ou le Chevalier de la charrette* (109)
Chrétien de Troyes – *Yvain ou le Chevalier au lion* (3)
Jean Cocteau – *Antigone* (96)
Albert Cohen – *Le Livre de ma mère* (59)
Corneille – *Le Cid* (41)
Didier Daeninckx – *Meurtres pour mémoire* (4)
Dai Sijie – *Balzac et la Petite Tailleuse chinoise* (116)
Annie Ernaux – *La Place* (82)
Georges Feydeau – *Dormez, je le veux !* (76)
Gustave Flaubert – *Un cœur simple* (77)
Romain Gary – *La Vie devant soi* (113)
Théophile Gautier – *La Morte amoureuse et autres nouvelles fantastiques* (146)
Jean Giraudoux – *La guerre de Troie n'aura pas lieu* (127)

William Golding – *Sa Majesté des Mouches* (5)
Jacob et Wilhelm Grimm – *Contes* (73)
Homère – *L'Odyssée* (14)
Victor Hugo – *Claude Gueux* (6)
Victor Hugo – *Les Misérables* (110)
Joseph Kessel – *Le Lion* (38)
Joseph Kessel – *Une balle perdue* (167)
Rudyard Kipling – *Le Livre de la Jungle* (133)
Jean de La Fontaine – *Fables* (74)
J.M.G. Le Clézio – *Mondo et trois autres histoires* (34)
Mme Leprince de Beaumont – *La Belle et la Bête* (140)
Jack London – *L'Appel de la forêt* (30)
Guy de Maupassant – *Histoire vraie et autres nouvelles* (7)
Guy de Maupassant – *Le Horla* (54)
Guy de Maupassant – *Nouvelles réalistes* (97)
Prosper Mérimée, Théophile Gautier, Guy de Maupassant – *La Vénus d'Ille et autres nouvelles fantastiques* (136)
Marivaux – *L'Île des esclaves* (139)
Molière – *L'Avare* (51)
Molière – *Le Bourgeois gentilhomme* (62)
Molière – *Les Fourberies de Scapin* (9)
Molière – *George Dandin* (115)
Molière – *Le Malade imaginaire* (42)
Molière – *Le Médecin malgré lui* (13)
Molière – *Le Médecin volant et L'Amour médecin* (52)
Jean Molla – *Felicidad* (168)
Jean Molla – *Sobibor* (32)
Michael Morpurgo – *Cheval de guerre* (154)
Jean-Claude Mourlevat – *Terrienne* (159)
George Orwell – *La Ferme des animaux* (130)
George Orwell – *1984* (175)
Ovide – *Les Métamorphoses* (37)
Daniel Pennac – *Kamo et moi* (172)
Charles Perrault – *Contes* (15)
Edgar Allan Poe – *Trois nouvelles extraordinaires* (16)
Jules Romains – *Knock ou le Triomphe de la médecine* (10)
Edmond Rostand – *Cyrano de Bergerac* (58)
Antoine de Saint-Exupéry – *Lettre à un otage* (11)
William Shakespeare – *Roméo et Juliette* (70)
Sophocle – *Antigone* (81)
John Steinbeck – *Des souris et des hommes* (100)
Robert Louis Stevenson – *L'Étrange Cas du Dr Jekyll et de M. Hyde* (155)
Robert Louis Stevenson – *L'Île au Trésor* (95)
Jonathan Swift – *Gulliver. Voyage à Lilliput* (151)
Jean Tardieu – *Quatre courtes pièces* (63)

Michel Tournier – *Vendredi ou la Vie sauvage* (69)
Mark Twain – *Les Aventures de Tom Sawyer* (150)
Fred Uhlman – *L'Ami retrouvé* (80)
Paul Verlaine – *Romances sans paroles* (12)
Jules Verne – *Le Tour du monde en 80 jours* (166)
Voltaire – *Jeannot et Colin, Le Monde comme il va* (174)
Anne Wiazemsky – *Mon enfant de Berlin* (98)
Émile Zola – *Au Bonheur des Dames* (128)

CLASSICOLYCÉE

Des poèmes et des rêves (anthologie) (105)
Guillaume Apollinaire – *Alcools* (25)
Honoré de Balzac – *La Fille aux yeux d'or* (120)
Honoré de Balzac – *Le Colonel Chabert* (131)
Honoré de Balzac – *Le Père Goriot* (99)
Charles Baudelaire – *Les Fleurs du mal* (21)
Charles Baudelaire – *Le Spleen de Paris* (87)
Beaumarchais – *Le Barbier de Séville* (138)
Beaumarchais – *Le Mariage de Figaro* (65)
Ray Bradbury – *Fahrenheit 451* (66)
Albert Camus – *La Peste* (90)
Emmanuel Carrère – *L'Adversaire* (40)
Blaise Cendrars – *Prose du Transsibérien et autres poèmes* (147)
Corneille – *Le Cid* (129)
Corneille – *Médée* (84)
Dai Sijie – *Balzac et la Petite Tailleuse chinoise* (28)
Robert Desnos – *Corps et Biens* (132)
Denis Diderot – *Supplément au Voyage de Bougainville* (56)
Alexandre Dumas – *Pauline* (121)
Alexandre Dumas – *Antony* (177)
Marguerite Duras – *Le Ravissement de Lol V. Stein* (134)
Marguerite Duras – *Un barrage contre le Pacifique* (67)
Paul Éluard – *Capitale de la douleur* (91)
Annie Ernaux – *La Place* (35)
Élisabeth Filhol – *La Centrale* (112)
Francis Scott Fitzgerald – *Gatsby le magnifique* (104)
Gustave Flaubert – *Madame Bovary* (89)
François Garde – *Ce qu'il advint du sauvage blanc* (145)
Romain Gary – *La Vie devant soi* (29)
Romain Gary – *Les Cerfs-volants* (157)
Jean Genet – *Les Bonnes* (45)
Jean Giono – *Un roi sans divertissement* (118)

Olympe de Gouges – *Déclaration des droits de la femme et de la citoyenne* (179)
J.-Cl. Grumberg, Ph. Minyana, N. Renaude – *Trois pièces contemporaines* (24)
Victor Hugo – *Anthologie poétique* (124)
Victor Hugo – *Le Dernier Jour d'un condamné* (44)
Victor Hugo – *Les Contemplations* (livres I à IV) (163)
Victor Hugo – *Ruy Blas* (19)
Eugène Ionesco – *La Cantatrice chauve* (20)
Eugène Ionesco – *Le roi se meurt* (43)
Louise Labé – *Poésies* (176)
Laclos – *Les Liaisons dangereuses* (88)
Mme de Lafayette – *La Princesse de Clèves* (71)
Jean de La Bruyère – *Les Caractères* (livres V à X) (181)
Jean de La Bruyère – *Les Caractères* (livre XI) (182)
Jean de La Fontaine – *Fables* (livres VII à XI) (164)
Marivaux – *Les Fausses Confidences* (170)
Marivaux – *L'Île des esclaves* (36)
Marivaux – *Le Jeu de l'amour et du hasard* (55)
Guy de Maupassant – *Bel-Ami* (27)
Guy de Maupassant – *Pierre et Jean* (64)
Guy de Maupassant – *Une partie de campagne et autres nouvelles réalistes* (143)
Pierre Michon – *Vies minuscules* (180)
Patrick Modiano – *Dora Bruder* (169)
Molière – *Dom Juan* (26)
Molière – *L'École des femmes* (102)
Molière – *Les Femmes savantes* (149)
Molière – *Le Malade imaginaire* (171)
Molière – *Le Misanthrope* (122)
Molière – *Le Tartuffe* (48)
Montaigne – *Essais. Des Cannibales, Des coches* (161)
Montesquieu – *Lettres persanes* (103)
Alfred de Musset – *Lorenzaccio* (111)
Alfred de Musset – *On ne badine pas avec l'amour* (86)
George Orwell – *La Ferme des animaux* (106)
Pierre Péju – *La Petite Chartreuse* (92)
Charles Perrault – *Contes* (137)
Francis Ponge – *Le Parti pris des choses* (72)
Abbé Prévost – *Manon Lescaut* (23)
François Rabelais – *Gargantua* (183)
Racine – *Andromaque* (22)
Racine – *Bérénice* (60)
Racine – *Britannicus* (108)
Racine – *Phèdre* (39)
Arthur Rimbaud – *Œuvres poétiques* (68)
Tiago Rodrigues – *Bovary* (178)

Dépôt légal : août 2010 – N° d'édition : 70115437-02/Avril 2022

Imprimé en Espagne par Novoprint (Barcelone)

Cet ouvrage a été composé par Palimpseste à Chevreuse.
La pâte à papier utilisée pour la fabrication du papier de cet ouvrage provient de forêts certifiées et gérées durablement.
Imprimé en Espagne par Novoprint (Barcelone)
Dépôt légal : août 2021 – N° d'édition : 03581788-02/Avril 2022

PEFC PEFC/14-38-00277